新・若さま同心　徳川竜之助【三】

薄毛の秋

風野真知雄

双葉文庫

目次

薄毛の秋　新・若さま同心 徳川竜之助

序　章　老いの気配

一

徳川竜之助――いや、奉行所の名で言うなら福川竜之助は、朝飯を終え、出勤する前に刀の目釘の調子を調べたりしていた。ふと、縁側のほうを見ると、女中のやよいがいつになく外を眺めてしんみりしている。

「やよい」

「………」

返事がない。何に心を囚われているのか。そんな顔でもやよいは色っぽい。

「やよいちゃん」

「あ、はい」

「どうしたい？　元気がねえみてえだぜ」

昨夜も寝ながら稽古した巻き舌で訊いた。

「申し訳ありません。明け方に見た夢のことが気になって」

「夢か」

夢は五臓六腑の疲れなどと言ったりする。やよいも疲れているのかもしれない。たしかに同心の忙しい仕事に振り回されていたら、疲れもするだろう。しかもやよいは、竜之助の見ていないところで、武術の稽古に励んでいたりするのだ。

「やけにはっきりした夢でして、その中であたしは四十八になっていたんです」

「四十八？　なんでわかったんだい？」

「自分で言ったんです。あーあ、あたしも四十八かって」

「へえ。それでなにをしていたんだい？」

「庭先で洗濯物を取り込んでいました。そのうち亭主が帰って来て、玄関先で犬をかまっていたりするんです」

「ふうん」

ずいぶん生活臭のある夢である。夢などというのは、普通もっと突飛なものだったりするのではないか。

「顔は見えないんです。でも、頭が見えました。ちょん髷は結っていませんでした」

「へえ、医者かなんかに嫁に行ったのかな」

「それで、てっぺんがちょっと薄くなってるかなって思ったんです」

「そりゃあ、やよいが四十八だったら、亭主だってそれくらいだもの、頭もちったぁ薄くなってるだろうよ」

「それから、あたしも鏡の前に行って、自分の顔を見たんですよ……」

そこで言葉が途切れた。

「おい、どうした？」

「ちゃんと老けてました。ううっ」

やよいはうつむいて、目がしらをたもとで押さえた。

「おい、泣くなよ」

「申し訳ありません。でも、やけにはっきり自分の顔が見えたんです」

「そんなに老けてたのかい？」

竜之助は恐る恐る訊いた。

「四十八ですよ、若さま」

「四十八か」

「いまから二十六年でそんなに変わるかい？」

「二十六年後です」

「顔を動かしてみたら、目尻と口元のところに小さな皺ができたのです。こう、何て言うか、ちょちょちょちょって糸でもいっぱい挟んだみたいな皺。いまのあたしにはありませんでしょ？」

「ああ、ないよ」

「それから肌がすこしくすんだ感じなんです。なんて言うか、煙に燻されたみたいに」

「ははあ」

言っていることはわかる気がする。要は四十代や五十代の肌だろう。それは女に限らない。

「ほんとにそんな日が来るんですよね。ううっ」

また泣いた。

「実感はないよな。でも、それくらいの歳の人がよく言ってるけど、あっという間だってさ。ちょっと首をかしげたら、もうそれくらいの歳だって」

「こわぁーい」

「やよいが四十八か」

そのとき竜之助は五十一である。

「竜之助さまはなにをなさっているのでしょう?」

「それはもちろん……」

定町廻り同心をと言いたいが、難しいかもしれない。このまま田安の家を離れ、町方の同心としてやっていけるのか。そのうち、方々から邪魔が入りそうな気がする。

とすれば、二十六年後には、やよいとも別々の人生を歩んでいるのだろう。竜之助は、それが何か理不尽な世界の話のような気がした。

二

立岡練蔵は、疲れた足取りで、小伝馬町一丁目にある自分の道場へ帰って来た。

ふと、玄関わきの小窓につけた柵の一本が折れて、下に落ちているのが見えた。

「ちっ」

練蔵は舌打ちし、かがんでそれを拾った。

おそらく、道場を見物しようとした者が、この柵をつかんだら、古くなっていて折れでもしたのだろう。建てて二十六年。あちこちに痛みが出てきている。

門をくぐり、拾った柵を裏手の薪（まき）置き場に放ってから、玄関に入った。

道場わきの四畳半に入ると、師範代の小沢丈助（おざわじょうすけ）がいて、

「どうだった？」

と、訊いた。

「駄目だった。それどころか、今月、利子を払わなければ、手代たちを引き上げると言われた」

「なんと……」

小沢は露骨に落胆した。

立岡練蔵は、日本橋にある両替商の〈小田原屋（おだわらや）〉に行って来たのだ。ここにおよそ二百両の借金があり、今月は利子として十両を請求されていた。それを待ってくれるよう頼んだが、あるじの返事はそういうものだった。

「小田原屋の手代は何人いた？」

と、練蔵が訊いた。

小田原屋の手代たちが押し込みなどに備えて、この道場の弟子になっているのだ。

「八人」

「八人も抜けられたら終わりだ」

いま、弟子は二十人とちょっとしかいない。そこから八人もごそっと抜けたら……、道場に閑古鳥が鳴き、そんな道場には来たくないとますます弟子は減るだろう。

道場のほうでしていた竹刀を打ち鳴らす音が途絶え、

「どうでした？」

と、娘婿で養子の立岡慎二郎が顔を出した。

「駄目だ。冷たいもんだ。払わないなら手代も引き上げるとさ」

「うぅーむ」

唸ったきり声も出ない。

小伝馬町の牢屋敷にも近いこの道場は、かつてはずいぶん栄えたものだった。

二十六年前に立ち上げると、門弟の数は尻上がりに増えて、四、五年経ったころには二百五十人にまで増えた。午前一回と午後は二回にわけ、それだけでは教え切れずに、夜の稽古までやっていたほどだった。牢屋敷から「囚人たちがうるさいと言っている」と、文句を言われたこともあったのである。

その道場経営がなんとなく思わしくなくなってきたのは、五、六年ほど前からだった。とある藩の江戸屋敷の藩士たちがごそっと道場を鞍替えすることが二件ほど重なったり、門弟が何人かで、世間を騒がすような不祥事を起こしたりして、弟子が激減した。ちょうどその前に、娘夫婦のため、建て増しなどやっていたものだから、借金もかさんだ。

この数年は、道場主の立岡はもちろん、師範代の小沢まで、剣術の稽古もおろそかにして、金策に駆け回る毎日だった。

「二十六年経つとこうなるのか」

立岡練蔵はしみじみとした口調で言った。

「想像もしなかったたな」

小沢丈助もうなずいた。

道場を開いた時は、練蔵が二十六、小沢は二十四だった。

だが、二十六年の歳月は、ちゃんと二人の見かけの上にも積み重なっていた。練蔵の髪は次第に薄くなり、いまでは月代を剃る必要はほとんどなく、ネズミの尻尾を縛ったような髷が後ろのほうにちょこっとついているだけである。小沢のほうは練蔵ほど薄くはないが、ごま塩頭だし、ずいぶんと肥えて、鋭かった剣もいまは重みで圧倒するような剣に変わってきていた。

「もう、道場を売ってしまいましょう」

と、婿養子の慎二郎が言った。

「売っても借金全額は払いきれぬ。そうなると、ただ、借金が残るだけで暮らしはさらに厳しくなるぞ」

「それは……」

「そんなことになったら、佐代なんぞは朝から喚きっぱなしだ。考えただけでも恐ろしかろう」

佐代というのは練蔵の娘で、気が強く怒りっぽいことでは、道場の弟子たちからも「師匠の剣より凄い」と言われているほどである。そんな娘に怒鳴り立てられることを思うと、娘婿が哀れに思えてくる。

「だから、なんとか資金を得て、もう一度、道場を盛り立てるしかこの窮地から抜け出す方法はないのだ」

と、練蔵は言った。

じっさい、世が乱れ、戦も起きるだろうと、世の剣術道場は大流行りなのだ。

この立岡道場だけが、取り残されている。

「どっちにしろ、わしはもう長くないしな」

「練蔵、なにを言っている？」

小沢が練蔵を見た。

「いや、実入りのいいころ、調子に乗って酒を飲みすぎた。あれがいまごろになって効いてきている気がする」

そう言って、練蔵は自分の手のひらを見た。やけに赤い。これは肝ノ臓が痛んでいる証拠だと医者に言われた。それと、白目のところが黄色くなっている。

「しっかりしてくださいよ。もうじき、三人目の孫も生まれるのですから」

と、慎二郎が言った。

佐代がややを身ごもっていて、来年の三月には生まれる予定である。

「うむ。孫たちのためにも、なんとかしたいのだが」

練蔵はますます沈鬱になって黙り込んだ。

「くそ。小田原屋に押し入って、金を強奪してやろうか」

小沢が半ば冗談のように言った。

「ふん、押し込みか。それもいいかもしれぬな」

練蔵が半分、笑いながら言った。

「あんなことは、やろうと思えば、そう難しくはない」

「だが、あそこは知り合いだらけで、入ったら皆殺しでもしないと、わしらのしわざとすぐにわかってしまうぞ」

練蔵もそれを一笑に付すことができないのだ。

「弟子を斬ることになるしな」

「だいいち、金のために人を斬るまで落ちぶれたくはない」

練蔵と小沢はそう言って、黙り込んだ。

娘婿の慎二郎は黙ってうつむいているだけである。

しばらく沈黙がつづいたが、

「だが、もはや悪事くらいしか手立てはないのかもしれぬな」

練蔵がかすれた声で言った。笑いはすっかり消えていた。

「そういえば、父上」

と、慎二郎が顔を上げた。

「なんだ?」

「島田為二郎がいま用心棒で雇われている店があります。それで島田も金に困っていて、そこに押し込みでもしようかと、真面目な顔で言ってました」

「島田が?」

島田為二郎というのは、婿の慎二郎と同年代の弟子で、一時期、立岡道場で師範代もしていた。経営が傾く前にやめていたが、その後、雇われていた旗本の家がつぶれたりして、いまは商家の用心棒稼業で食べているのだった。

「おい、もし島田がしらばっくれて中から手引きをしてくれたら、押し込みなどはかんたんではないか」

と、小沢が顔を輝かせて言った。

「わたしもいま、そう思ったのです」

「うむ」

「人を斬ったりもせずに済むか」

と、練蔵も言った。

「大丈夫でしょう」

「では、その仕事は、わしと小沢と二人でやろう。そなたは、なにも知らなかったことにしていてくれ」

「そういうわけにはいきませんよ。わたしも加わります」

娘婿の慎二郎が、いつになくきっぱりとした調子で言った。

第一章　枯れ葉が散るように

一

やよいの二十六年後の夢から十日ほど経ったころ——。

竜之助が八丁堀にも近い本材木町(ほんざいもくちょう)一丁目の裏通りを歩いていると、

「喧嘩だ、喧嘩」

と、騒ぐ声がした。見ると、かなりの人だかりがある。

「どこだい、喧嘩は？」

そう言いながら、竜之助は人だかりのほうに向かった。

「そこの芸者の置き屋で」

野次馬が指を差した。

「置き屋かぁ」

竜之助は顔をしかめた。もしかしたら芸者同士の取っ組み合いではないか。一度、仲裁したことがあるが、あれは止めるのがけっこう大変だったりするのだ。男だったら当て身を入れておとなしくさせることもできるが、女相手にそれはできない。離れさせるまで、竜之助もかなり引っかかれたものである。

とはいえ、行き当たったからには、仲裁しないわけにはいかない。

野次馬をかきわけると、きゃあきゃあという女たちの凄い悲鳴がしている。

「た、助けて」

芸者が転がるように表に飛び出してきた。

「どうした？」

地面に手をついて四つん這いになった芸者に訊いた。

「殴り込みです」

「女が？」

「なに言っているの。殴り込んできたのは男二人よ」

「そいつはよかった」

と、竜之助は家に飛び込んだ。

男が二人、片方はここの若い衆を殴り、もう一人は女将らしき女の髪をつかんでいる。

「おい、よせ」

「やかましい、引っ込んでろ」

「よせと言ってるだろう」

引き離すと、いままで殴られていた若い衆が反撃を始めた。

「わからない人たちだな」

仕方ないので、当て身を入れる。

「うっ」

「うっ」

喧嘩両成敗で二人ともだ。

「こっちもよせ」

さらに、女の髪を摑んでいる男にもわき腹へこぶしを叩き込んだ。

「むふっ」

あっという間に、男三人が苦しそうに畳に横たわっていた。

「なにがあったんだ?」

竜之助は片膝をついて、倒れている男に訊いた。

「あっしらはこの近くにある芸者の置き屋の者ですが、酔っ払って寝ているうち、うちの妓四人の頭が丸刈りにされていたんですよ」

「丸刈りに？」

「うちの妓たちがどんどん宴会を取ってしまうんで、やっかみでやりやがったんです」

「なに言ってやがる。そんなの言いがかりだよ！」

女将が憤慨して叫んだ。

「おめえんとこがやらねえで、誰がやるか。ここらで芸者の置き屋はうちとここと二軒だけだろうが」

「どおれ、じゃあ、おめえたちの家を見に行こうじゃねえか」

殴り込んだほうの二人を立たせた。

玄関を出るとき、竜之助は振り返り、

「お前たちも仕返しなんか考えるんじゃねえぜ。もし、誤解がはっきりしたら、ちゃんと詫びに来させるからな」

と、念押しした。

すると、もどっていた芸者三人が、

「まあ、素敵！」

「もしかして、噂の南町の福川さま？」

「ね、ね、福川さまでしょ？」

すがりついてきた。

「いやいや、ちょっと、放してくれ」

手をふりほどき、慌てて駆け出した。

「ここです、旦那」

ほんとに同じ町内で、すぐ近くである。

殴り込んだ二人がもどって来ると、瘦せて年老いた女が玄関先で、

「どうだった？　やっぱり、あいつらだろ？」

と、訊いた。こっちの女将らしい。

「違うと言い張ってましたよ。それで、こちらの同心さまが仲裁に入ったもんで」

「同心さま？　あら、まあ」

竜之助が顔を出すと、急に揉み手をし、卑屈な態度になった。

「髪を切られたんだってな」

「そうなんですよ」

「あんたは無事だったんだ？」

「ええ。あたしは別の部屋で寝ますのでね。まあ、見てやってくださいまし」

玄関脇の部屋で、四人の芸者がふてくされた顔で座っていた。

「これは……」

ほんとに四人の芸者が髪を切られていた。丸刈りと言っていたが、もっと乱暴な切り方で、鋏でじょきじょきと切ったという感じである。たしかに、これが悪戯や嫌がらせなら、若い娘たちに対し、度が過ぎている。

「こんなことをされても気がつかなかったのか？」

「盛大な宴会のあとで、朝方まで飲んだものだから、ぐっすり寝込んでいたんですよ」

四人のうちの一人が答えた。

「ここは誰でも出入りできるのかい？」

「夜は戸を閉めてますが、朝早く、この妓らが寝ていても、勝手口のほうは開けてしまうんです。台所に八百屋だの手伝いの婆やだの皆、勝手に出入りしてますのでね。だから、朝早く忍び込んできたやつがやったんでしょうね」

と、年老いた女将が言った。

「やっぱり、これは恨みを持ったやつのしわざかな」

竜之助は四人を見ながら言った。

「だから、向こうの家の……」

「そうとは限らねえよ。向こうの置き屋のほかに、あんたたちが恨みを買っているところはねえのかい？」

「恨み？」

「女将さんへの恨みだって、芸者に復讐するかもしれねえだろ。あんたの髪を切るより、芸者衆の髪を切ったほうが、痛手になるかもしれねえんだから」

「あたしに……いつごろのやつですか？」

女将は急に不安げになった。

これは相当多くありそうである。

「いつごろってことはねえ。とにかく、いままで恨みを買ったと思うようなやつを思い出してみてくれよ。ずいぶん前の恨みでも、いま、あんたが儲かっているのを見て、復讐心がぶり返すってのもあるからな」

「あたしはこう見えても、若いうちはけっこう男に声をかけられましてね、ええ、そりゃあ、いろんな申し出も受けましたよ。なかにはお金だけもらって、冷たくしたようなのもいます。一人、二人じゃなく……」

女将はそう言いながら指折り数えはじめた。

「それと、芸者衆にしたって手ひどく振った男とかいねえかい？　一人にやればすぐばれるかもしれないから、四人にやったたってこともあるぜ」

「あ」

「あ」

「ほら、あいつ」

「あいつも」

なんのことはない、皆、その手の恨みはしこたま買っていそうである。

「ほらな。あそこの家に殴り込んだのは、ちっと性急だったたんじゃねえのかい」

竜之助がそう言うと、

「……………」

女将も失敗を悟った気まずそうな顔をした。

「菓子折りくれえじゃすまねえかもな」

「わかりました。なんとかそっちはそれ相応のお詫びをしておきますけど、うちはやられっぱなしですか?」

女将は情けないような顔で訊いた。

「悪質な悪戯だから、いちおう下手人は捜すよ。だが、その前にまず、いまの思い当たる連中を紙に書いといてくれねえか。おいらは一度、奉行所にもどらなくちゃならねえ。頼んだぜ」

竜之助はそう言って外に出た。

すると、背中で芸者たちが、

「いまの、南の福川さまだよ」

「素敵な同心さまだねえ」

「ああ、もう、こんな頭、見られちまったよ」

などと言っているのが聞こえた。嬉しくないこともないが、役者じゃないのだから、それよりは捕物の腕を褒めてもらいたい。

二

竜之助がいったん奉行所にもどって、同心部屋に入ると、先輩同心の大滝治三(おおたきじさぶ)

郎と矢崎三五郎が話をしていた。

「そんなこと、奉行所に持ち込むなと言ってやれよ」

「それが大滝さん、青物町の名主なんですよ」

「あちゃあ、あいつか。来てるのか、ここに？」

「いま、お奉行の部屋にいます」

青物町の町名主は、江戸の町ができたころからの、いわゆる草分け名主というやつで、江戸の自治についても大きな発言力を持っている。町方といえど、こういう人たちをむげにすることはできないのだ。

「そりゃ、やらざるを得ないだろうよ」

「そうでしょ」

竜之助はその話を聞いているうち、嫌な予感がしてきた。面倒な仕事を押しつけられるような気がする。

奉行の部屋のほうから、よく肥った町人がやって来て、矢崎のわきに立った。

「いま、お奉行にも話してきましたよ。町方でも、できるだけのことをするから、定町廻りの同心に相談するようにおっしゃってました」

「ええ。わかりました。こっちで調べさせてもらいますよ。なあに、おいらたちが動けばすぐにわかることです」

矢崎三五郎は胸を張って言った。

「お、頼もしいですな」

「それに、そういう事件には滅法強い男がいますのでね。名主さん、この男です。われらの期待の星で、福川竜之助です」

矢崎は竜之助を指差した。案の定である。

「名主の曽我小左衛門(そがこざえもん)でございます。しっかり調べてくださいましよ」

頭を下げられ、竜之助も仕方なく、

「よろしく、どうぞ」

と、ぺこりと頭を下げた。

「では、事件の概要をざっと説明し、すぐに向かわせますから、ご安心を」

そう言って、青物町の名主を引き取らせた。

「福川、いいな?」

矢崎がぶっきら棒に言った。

「いいなと言われても……。いったい、なにがあったんですか?」

「くだらねえ事件なんだよ」

「はあ」

そういうことには滅法強いと言っておいて、くだらない事件というのはひどい話ではないか。だが、矢崎にたいして悪気がないことはわかっている。

「昨夜のことなんだが、青物町の軒先に干してあった洗濯物が、ごそっとすべて盗まれちまったというのさ」

「ははあ、あれですね」

「女の下着泥棒ではないぞ」

「違うんですか？」

「もちろん、襦袢（じゅばん）だの腰巻だのもあった。だが、それだけじゃねえ。男のふんどしからなにから、とにかく枯れ葉が舞い散ったみたいに、物干し竿から消えちまっていたんだとさ」

「へえ」

「そりゃあ、高価な絹織物だの、豪華な帯だのもすこしはあったそうだ。だが、そうした区別はいっさいなく、とにかくあらゆる洗濯物が無くなったんだ」

「そりゃあ、町名主だったら、調べてくれと頼みにも来るでしょうね」

竜之助がそう言うと、

「おや、福川、あいつの肩を持つのかい？」

大滝がからかうように言った。

「肩を持つなんて気持ちはありませんよ。じゃあ、さっそくいまから聞き込みをしてきますよ」

「おう、頼んだぜ。文治にも手伝わせろ」

岡っ引きの文治は、さっき来るとき、奉行所の広場のあたりで見かけた。

「わかりました。それにしても、これは面白そうな事件ですなあ」

竜之助は、嬉しそうに言った。

「ああ、だからおめえに頼んだのさ」

矢崎がうなずいた。

「なにか、とんでもない悪事が潜んでいるような気がしますね」

「……………」

「お手柄をいただけそうな」

「ほんとにそんな気がするのか？」

「ええ。おいらの勘はけっこう当たりますでしょ」

「まあな」

矢崎は気になってきたらしく、

「おい、福川。たとえば、どんなとんでもねえ悪事があると思うんだ？」

「たとえば、ですか？　それは将軍暗殺とか」

「あ、行っていいよ、じゃあな」

あるわけがないと思ったらしい。もちろん竜之助も、そこまでは思わない。

三

奉行所の前で知り合いと話していた文治に声をかけ、いっしょに出かけようとすると、ちょうど与力の高田九右衛門（たかだきゅうえもん）がもどって来たところだった。

自称味見方与力。江戸中のうまいものはほとんど食ったと豪語している。町奉行所の仕事には、食いもの屋の動静に注意を向けたり、値段や衛生のことで問題を起こしたりしないよう見張るということも含まれる。だが、高田の場合、この一分野に力をそそぎ過ぎているのではないか。

もっとも、「高田さまは同心の仕事には目を向けず、そば屋の味くらべでもしているほうがまし」と言う者も少なくない。「現場に出て来られると、おたおたするばかりで、邪魔でしょうがない」と。

「福川。いいところで会った」

「なんでしょうか？」

恐る恐る訊いた。

「日本橋の万町にある料亭〈灯り亭〉を訪ねてくれ」

「料亭を？」

「ちと、奇妙なことが起きた。行けばわかる。これは仕事だぞ」

とは言うが、仕事の中身は説明しない。

万町というのは、日本橋からほんのちょっとだけ外れたところの町並で、洗濯物の騒ぎが起きた青物町の手前である。

「じゃあ、ちょっと顔を出してはみますが、いま、おかしな事件を二つも抱えているので、どれくらい動けるかわかりませんよ」

「なんだ、おかしな事件とは？」

「はあ。芸者四人が髪の毛を切られたのと、青物町で洗濯物がごそっと盗まれた事件なんです」

竜之助がかんたんに報告すると、

「なんだ、それは。くだらねえ事件だ。うっちゃっておけ」

と、命令するように言った。与力の言葉である。正面切って言われると、聞かないわけにはいかなくなる。

「いえ、高田さま、そうはいきませんよ。なにか重大な事件が潜んでいそうな気配もあるのですから」

「それなら仕方ないが、わしのほうも頼むぞ。灯り亭に行ったら、昼飯でも食わせてもらえ」

高田は図々しいことを言った。

「いや、けっこうです」

竜之助は手を振って歩き出した。

面倒な事件が重なったが、幸いなことに、本材木町一丁目と、万町と、青物町はすぐ近所同士である。

奉行所を出ると、まっすぐ楓川（もみじがわ）沿いに出て、そこから北へ向かった。

文治に芸者の騒ぎと、青物町の洗濯物が消えた件を説明しながら歩くうちに、本材木町一丁目に到着した。

裏道に入ると、

「まったく、今度、無くしたら買ってやらないよ」

「わかったよ、母ちゃん」

子どもが叱られている声がした。

そういえば、芸者の騒ぎの前にも、ここらで子どもが叱られているのを見かけた。

――今日は子どもの厄日なのかな。

これも竜之助は、なんとなく気になった。

四

「おう、約束どおりまた来たぜ」

竜之助は、さっきの芸者の置き屋に顔を出し、

「今度は、神田の頼りになる親分も連れてきたんだ」

「おや、まあ、そいつはありがたいです。さ、どうぞ、どうぞ」

「いや、ここでいいよ」

竜之助は玄関の上がり口に腰をかけた。

「そんなことおっしゃらず、うちの妓たちも、福川の旦那が調べてくれるなら、髪を切られた甲斐(かい)があったとか言っているくらいですから」

「なんだ、そりゃ」

しつこく勧めるので、文治とともに中に入った。

「あら、福川さま」

「小唄のひとつも聞いてってくださいな」

芸者たちはいっせいにはしゃいだ。髪を切られた頭は、手ぬぐいでうまく隠している。姉さんかぶりのようにも見えて、なかなか色っぽい。

「ゆっくりしている暇はねえんだ。怪しいのは書いておいてくれたかい?」

「はい。いざ、考え始めたら、皆けっこう出てきましてね」

「そんなにいるのかよ」

「それで、同心さまだってお調べするのはたいへんだろうから、最近、恨みを買った気配があるのを厳選しておきました」

三人の名前が書いてある。

「いや、選ぶのはこっちにまかせてもらいたいんだがな」

「でも、まあ、こいつらはどうやっても調べてもらわなくちゃならないんですよ。まず、この伊平ってのは、三年前に別れた亭主なんです。この野郎はあたしのことをかなり恨んでいるはずです」

と、女将が最初に書いた名前を指差した。

「よほどひどい喧嘩でもしたのかい？」

「喧嘩はそうでもないんですが、ちょっと話が合わなくてね」

「そんなのといっしょになったのかい？」

「だって、しょうがないじゃありませんか。この店をやるのに開店資金が百両ほど必要だったんですから」

「露骨に金めあてじゃねえか」

竜之助は呆れて言った。

「でなきゃ、あんな爺い、誰も相手にはしませんよ。三年前でもう、八十二。あたしより、二十三も年上なんですから」

なんら悪びれることなく、嬉しそうに言った。

「それは承知でいっしょになったんだろ？」

「だって、夫婦になったってのに、百両返せとか言うんですよ」

「ふうん」

「あまりの水臭さに呆れて、あたしは、はっきりと言いました。そんなに言うなら出てってちょうだいと。式をして三日後でした」

「三日？　そりゃあ、ひでえ。それで、百両は？」

「それは、だって、開店資金にもらったものですから」

「はあ」

　それは恨みも買うはずである。

「いちおう調べるが、いま、八十五なんだろ？　忍び込んで、四人の髷を切るなんてことができるかね」

「できますよ。あの爺いなら。いままでも夜鳴きそば屋をして働いているんですから」

「……」

　そういう爺さんから百両騙し取ったようなものではないか。

「それで、次に書いた中村梅左衛門ですが」

「あれ、聞いたことある名前だな」

「役者ですよ。いま、売れっ子の」

　と、芸者の一人が言った。

「あ、そうか。そんな売れっ子役者に、なんで恨まれなくちゃならないんだい？」

「このあいだ、芝居がはねたあと、お座敷に呼ばれたんですよ。それで喜んで行ったはいいんだけど、売れっ子役者だからってすっかり天狗になってましてね。あたしらをからかったり、いたぶったりするだけ。それで、むかついたから、さんざん飲ませてへべれけにしたあと、すっ裸にし、赤い点々をいっぱい描いて、寝かしておいたわけ」

「それで怒ったんだ」

「目が覚めていちばん驚いたのは本人だったの。赤い点々を見たら、妙な病気にかかっちまった、おれは終わりだと、泣くの喚くの、天下の二枚目も台無しだったって」

「なるほど。梅左衛門の復讐か」

「それで三人目なんですが」

と、別の芸者が指を差したのは、豆腐屋の米吉という名前。

「こいつには何をやったんだい？」

「うちに来る豆腐屋なんですが、あたしらが寝ている部屋にそおっとやってくると、頬っぺた舐めたりしていたんですよ。それで憎らしいから、こいつの売っている豆腐の中に、そこの池で泳いでいた金魚を何匹か詰めておいたの。そしたら、その豆腐がちょうどそっちにあるヤクザの親分の家で売れたんですって。ヤクザの親分、冷ややっこから金魚が出てきたもんで、怒ったのなんのって、指詰めるのは勘弁してもらったけど、生の金魚を三十匹飲まされたんだって」

その芸者は噴き出しながら言った。

「あんたたちも、ずいぶんひどい悪戯してきてるんじゃねえか」

「でも、ここまでひどいこと、される覚えはありませんよ」

女将はこぶしを握り締めながら悔しそうに言った。

「そうかね」

とくに女将の百両の話は、爺さんに同情してしまう。

「じゃあ、まず、その三人を当たってみるよ」

と、竜之助と文治は外に出た。

五

つづいて、万町の料亭〈灯り亭〉にやって来た。

黒板塀に囲まれ、玄関口のところは、洒落(しゃれ)た門があり、〈料理屋灯り亭〉という看板が掲げられている。

その中に玉砂利が敷かれた道が見えていて、水を打っている中年の男がいた。

「あのう？」

竜之助が声をかけた。

「は？」

振り向いた男は、竜之助の同心姿を見て、ぴんと来たらしく、

「あ、高田さまのご紹介で？」

「そうです」

「あ、あたしはここのあるじの総右衛門といいます。福川さまでいらっしゃいますな？　謎解きの名人の？」

「いや、それは大げさってもんで」

と、竜之助は頭をかいた。

「高田さまから奇妙なできごとについてはお聞きになっているので？」

「いや、こちらで聞けばわかると言ったきりでね」

「そうですか。じつは、言葉にしてしまうと、笑われてしまいそうなのでね」

「なにがあったんです？」

「犬が屋根に乗っていたんです」

「犬が屋根に？」

竜之助は、笑うよりも、なぜか情けない気持ちが湧いた。けっして暇ではない。もちろん、江戸の民のためなら身を粉にして働くつもりである。だが、屋根に乗った犬のことまで調べさせられるのは、江戸の民のためにもよくないのではないか。そんな暇があったら、すこしでも町を歩き、悪党たちを牽制したい。

「そうなのです。いえ、くだらないと言えばくだらないのですが、悪戯するにしても、かんたんにできるような場所じゃないんですよ。まさか、天狗さまがやったのかとも考えたのですが」

「こんな人の多いところには天狗も現われないでしょう」

天下の日本橋からもすぐのところである。のべつ人通りが絶えず、もしも天狗が出ていたら、いまごろは江戸中の評判になっている。

「そうですよね。でも、なんかの妖(あや)かしのせいじゃないかとか思うと、不安になりまして。ぜひ、解決いただきたいと、高田さまにお願いしたら、こういう謎にはぴったりの同心さまがおられるとお聞きしまして」

「屋根に乗ったのは、その犬かい？」

と、玄関わきに座っている犬を見た。白い犬で、それほど大きくはない。竜之助と目が合うと、軽く尻尾(しっぽ)を振った。

「そうなんです。白兵衛と呼んでおります」

「賢そうな犬だね？」

「これはほんとに賢い犬で、お客さんを送っていって、かなり遠くまで行っても、ちゃんともどって来ることができるんです」

「ほう」

「匂いを嗅がせると、その匂いの元を遠くまで追いかけたりすることもできます」

「そうなんだ。稽古をすると、賢い犬はそれがやれるんだよな」

竜之助は、犬のそばに行き、しゃがみこんで顎から喉のあたりを撫でさすった。小柄な犬で、地べたに転がって腹を見せたりもする。

「まだ、子どもなんじゃねえのかい？」

「いえ、四歳ですから、犬なら子どもってことはないと思います」

「ふうん」

「小柄だから若く見られがちですがね」

「それで、この犬が屋根の上に？」

「はい。夜になって、店が混雑し出したころなんですが、そこんところにいたんです。どうやって上げられるのでしょう？」
と、総右衛門が指差したのは、母屋からちょっと突き出たようになっていると
ころの屋根である。
「そこかい？」
「はい。あんなところにどうやって犬を上げたんでしょうか？」
犬が屋根にいたと話を聞けば、誰だって梯子を使い、犬を抱き上げたまま上が
り、屋根に乗せたと思うだろう。
ところが、そこは梯子をかけられそうもないのである。
周囲には黒板塀があり、これが邪魔して梯子をかけられない。こっちの玄関口
のほうからも生垣や植え込みが邪魔して無理である。
「だいいち、いくら夜だって、ここらは人通りも多いし、その下の部屋には客も
いたんです」
「誰も気づかなかったのかい？」
「屋根に上げたところは誰も気づきません。ただ、そのうち白兵衛がくんくん鳴
き出しましたので、おかしい、屋根の上から犬の鳴き声がすると騒ぎになりまし
たが」

「なるほど。でも、どうやって下ろしたんだい？　下ろした方法で乗せられるだろ」

「それは無理です。そっちの二階にあるあたしどもの寝室の窓からずっと屋根を伝っていきまして、白兵衛を抱き、またぐるりとそっちに引き返したんです。それ以外に、あの屋根まで行くのは無理なのです」

「悪戯者もそうやったんだろ？」

「ところが、その晩は、うちの女房が風邪気味で、その部屋に布団を敷いて横になっていました。もちろん、誰も入ってなどいません」

「ふうん」

竜之助はあらためて屋根と犬を交互に見た。

文治がいまの話の途中で外に行き、ぐるりと家の周りを見てきたらしく、

「福川さま。ほんとにあの屋根に梯子をかけるのは無理ですね」

と、言った。

六

灯り亭をあとにして、次に青物町のほうに行った。

この町は、徳川家康が江戸に入ったとき、小田原にあった青物町をここに移したと言われる。それくらい古い町であり、そのときから代々、名主は曽我小左衛門を名乗っている。

表通りには、塗り物やろうそくなどの問屋が並ぶが、海賊橋のほうの裏手に入ると、長屋も立ち並んでいる。ただ、ここは日本橋のすぐ近くだけあって、お店者が住むこぎれいな長屋がほとんどである。

竜之助は、名主にはとくに挨拶もせず、裏に入って長屋の連中に直接、訊いてまわることにした。

裏に入って、長屋の物干し場を眺めると、洗濯物がずらりと並んでいる。昨夜、すっかり盗まれたとはいえ、また新しい汚れ物が洗われ、干されたのだろう。

これらをごっそり盗んでいったなら、かなりの荷物になったはずである。しかも、この町中の洗濯物が……。

矢崎三五郎は「枯れ葉が舞い散るみたいに」と言っていたが、朝起きると洗濯物がすべて消えていたという光景は、じっさい、そんなふうに感じられたのかもしれない。

井戸端におかみさんがいて、野菜を洗っているところに声をかけた。

「洗濯物を盗まれたんだって？」

「そうなんですよ。あたしの買ったばかりの腰巻がやられちまいました」

「それだけかい？」

「いいえ。あとは亭主のふんどしが一枚、それと弁当箱を包んでいた風呂敷も」

「それでぜんぶかい？」

「ええ。足袋は置いていきましたけどね」

「どういうこと？」

「足袋も干しておいたんですが、それは盗まれてなかったんですよ」

「なんで足袋だけ置いていったんだろう？」

「そりゃあ臭いからですよ。うちの人の足袋は洗っても臭いが落ちなくて、嫌になっちゃうんです」

「足袋は置きっぱなしと……」

竜之助はそれを手帖に記し、

「なるほど。これまでも、洗濯物の泥棒ってのはあったのかい？」

「いいえ、初めてですよ」

「前の日にここらをうろついたりしていた者はいなかったかい？」

「あたしは見ませんでした」

「思い当たることも？」

「ないです」

「この長屋で盗まれたのは？」

「うちと、棒手振りの三吉さんだけ。あとは、昼のうちに取り込んでおいたから助かったんですよ」

「三吉ってのは？」

「いま、仕事に行ってますが、ふんどし一枚と、腹巻を盗られたって言ってました」

「わかった。ありがとうよ」

とくに手がかりはない。

つづいて、大店の裏手のほうへ回った。ここらは、塀近くの物干しに干していたものをごっそり持っていかれた。

表に回って声をかけると、あるじは出かけていて、番頭が挨拶にきた。

「洗濯物盗人の件ですね。はい、女中から聞いてます。あたしがお答えしますよ」

どうやら、下の者と直接、話をさせたくないらしい。こういう大店にはよくあることで、うっかり店の悪口などを言われるのを警戒するのだろう。

「女中さんはなんか言ってたかい？」

「塀の中に干しておいたのにってぼやいてましたね」

「ああ、だが、それほど高い塀じゃないから、たぶん、棒かなんかで竿を引き寄せ、外から洗濯物を外して盗んだんだろうな」

「ああ、なるほど」

「高価なものもあったかい？」

「ほとんど住み込みの手代や小僧の洗い物ばかりですからね。でも、手代たちの着物も何枚かあったから、古着屋に持ち込めば、そこそこの銭にはなったでしょう」

「着物は何枚くらい？」

「ええと、三、四枚と言ってました」

竜之助は手帖に数を記しながら、

「柄はわかってるかい？」

「皆、いっしょです。店で着るもので、この縦縞です」

と、番頭は胸のあたりを撫でるようにした。ネズミ色の地に、紺の縦縞が入っている。

「同じ着物じゃ区別がつかねえだろ」

「この襟の裏に、糸で名前が書かれてあるんですよ」

「なるほど。ほかには？」

「襦袢、手ぬぐい、ふんどしなどが手代と小僧の数くらいは盗まれたでしょうね」

「足袋は盗まれていねえのかい？」

「足袋ですか。それは言ってませんでした。足袋はおそらくもっと家よりの別の竿に並べて干していたのだと思いますよ」

「なるほどな。手代や小僧は何人いるんだい？」

「住み込んでいるのは、手代が五人、小僧が三人です」

「いままで、洗濯物を盗まれたことは？」

「ありません。初めてですよ。ここらは物盗りなんかは少ないのですが、どうしたわけですかね」

番頭は、もうそろそろ終わりにしてもらいたいというように、客のほうをちらちらと見た。

「わかった、邪魔したな」

竜之助は外に出た。

「旦那、盗まれたものをぜんぶ、調べるんですか？」

と、文治が訊いた。

「面倒だが、そうするしかねえだろう」

「早いとこ、古着屋を当たりませんか？　あっしは、もう古着屋に持ち込んだのじゃないかと思うんですが」

「古着屋かあ」

「ここらの古着屋から柳原土手の古着市の元締めあたりにも声をかけておきましょう。大量に持ち込んだ野郎がいるかどうか」

「ふんどしなんかも持ち込むのかね？」

「ふんどしはだめでしょう」

「ううむ」

「なにか納得いきませんか？」

「売れないふんどしなど、わざわざ持っていくかな。そのくせ、足袋は持っていかないんだぜ」

「足袋は臭かったんでしょう」

「ま、いいや。文治は古着屋の筋をざっと当たってみてくれ」

「わかりました。旦那は？」

「おいらは、もうちょっとここらを訊き回るよ。さっきのおかみさんにも訊き忘れたことがあるし」

　文治と別れ、竜之助はさっきの長屋にもどった。

「よう、おかみさん。さっき訊き忘れたんだが、盗まれた洗濯物だけど、干した順番というのは覚えてないかい？」

「干した順番？　ああ、あたしはいつもだいたい同じように干してますね」

「教えて欲しいんだ」

「はい。みっともないものはいちばん奥に干しますよ」

「みっともないものというと？」

「そりゃあ、亭主のふんどしでしょ」

「なるほど」

と、竜之助は笑った。

「次にあたしの腰巻。それから亭主の紺足袋を二足分干して、最後に風呂敷を広げて干しましたよ」

「なるほど。すると、下手人は真ん中の足袋はわざわざ残し、両脇の腰巻や風呂敷にふんどしだけを盗んで行ったわけか」

「ふんどしは新しめのやつでしたから」

「なるほどな」

とは言ったが、やはり解せない。

古着屋に売るより、別の目的があったのではないか。

七

三日間――。

竜之助と文治は万町、青物町、本材木町一丁目界隈を駆け回った。

だが、調べはほとんど進まない。

芸者の髪を切った者については、怪しいと示された三人は皆、その朝は誰も本材木町界隈にはいなかった。

夜鳴きそば屋をしている爺さんは、川向こうの家で商売道具の屋台を磨いているところを見られていたし、中村梅左衛門は吉原の妓楼に泊まっていた。豆腐屋の米吉は前日、酔っ払って足をくじき、添え木をしたまま、南茅場町の長屋で横になっていた。

このため、ほかに疑わしい者の名前を書き出させて、その連中を探り始めていた。

屋根に乗った犬の白兵衛については、ときどき犬のようすを見に行った。

「こうやって、見張っているうち、犬が自分で乗るところを目撃したりしてな」

「そんな馬鹿な」

などと冗談を言うくらいで、これも調べは進まない。

青物町の洗濯物盗人については、盗まれたものはほぼすべて特定できた。

・男物の着物十四枚（うち子どものものが三枚）
・女物の着物五枚（うち子どものものが二枚）
・男物の襦袢五枚
・女物の襦袢三枚
・腰巻七枚

・ふんどし十二枚
・手ぬぐい十三枚
・風呂敷三枚
・腹巻五枚
・子どもの金太郎の腹がけ二枚
・おしめがおよそ十枚

ざっと、こんなところである。やはり足袋はどこでも盗まれておらず、しかも盗まれていないものの中には新品の足袋もあった。

文治は古着屋の筋にも連絡をくれるよう頼んであったが、そっちからの報告もまだきていなかった。

「ううぅむ。わからねえな」
「くだらねえ事件てえのは、逆に難しいものですね」
「気に留める者もいないからなあ」

などと言いながら歩いていると、

——ん？

見たことのある女が前を通り過ぎた。芸者姿である。

女も竜之助を見て、慌てて顔をそむけた気配がある。

「あれ？　もしかして……」

「どうかしたんですか？」

「いや、なんでもねえ。ちっと芸者の置き屋の婆さんに話を聞いといてくれ。おいらもあとで行くから」

文治にそう言って、竜之助は芸者のあとを追った。

「ちょいと待ってくれ、姐（ねえ）さん」

と言って、回り込むと、やっぱり蜂須賀（はちすか）家の美羽（みわ）姫ではないか。

「あ、まずい」

美羽姫は顔をしかめた。

「なんてことをしてるんですか」

と、思わず咎（とが）める口調になった。

「芸者です。一日だけ頼まれたので」

「一日だろうが、一刻だろうが、どうして芸者なんかなさるんですか」

「竜之助さま」

美羽姫は落ち着いた口調で竜之助の名を呼んだ。

「なんでしょう？」

「竜之助さまも、田安の若殿さまなのに、そうやって町方の同心などなさっているんですよね」

「……」

「わたしがたった一日だけ、芸者の真似ごとをするのに文句をおっしゃることができるんですか？」

「ううっ」

痛いところを突いてきた。

「ですが、よりによって芸者とは。宴会に行って、男たちの酒の相手をするんですよ」

「あら、あたし、お酒好きよ。二合くらいなら飲んでも乱れないわ。五合飲んだときは、訳わかんなくなったけど」

「もし、また、そんなふうになったら、身に危険が及びますぞ」

「だって、ほんの一刻か二刻だけだから」

「いったい、なんだって芸者の真似なんかを？」

「うちの奥女中だった者が、お嫁に行くことになって辞めたのですが、すぐに破談になり、芸者になってしまったんです。もともと器量良しの上に三味線もうまかったので」

「それがどうして美羽姫さまと関係があるのです」

「落ち着いて聞いて。それで、三日前に知り合いの置き屋さんに悪戯者が忍び込み、芸者四人を丸坊主にしちゃったんですって」

「あ」

例のあの騒ぎである。あれがまさかこんなかたちで波及してくるなんて、想像もしなかった。

「そのため、入っていた宴会の予定はぜんぶ行けなくなり、かわりの芸者が手配されたわけ。それで、どうしても一人、お座敷が埋まらないという話をしていたところに、ちょうどわたしが遊びに行ってまして」

「やるって言ったんですか？」

「はい」

「用人の川西丹波（かわにしたんば）は知っているのですか？」

「知るわけないでしょ」

「いなくなったらまた騒ぎになりますよ」

川西はまた、竜之助に捜してくれと頼みに来るのだ。

「大丈夫。部屋に影武者を置いてきたから」

「影武者……」

うんざりしてきた。もう、勝手にしてくれと言いたいが、しかし、美羽姫はいちおう許嫁(いいなずけ)なのだ。しらばくれるというのは、人道上、問題があるだろう。

「どこの店です？」

「教えない。竜之助さまが来たりしたら、宴会の座が白けてしまうもの」

座が白けるなどという言葉はどこで覚えたのか。

「ぜったい行きませんから、名前だけは教えておいてください」

「約束よ。料亭とかじゃないの。海産物問屋で〈讃岐屋(さぬきや)〉ってお店。荷物が無事に入ったお祝いを店の中でやるので、そこで芸をしてくれと言われたの」

「芸なんかやれるんですか？」

「小唄に端唄。それに、鳥寄せの芸も喜ばれるんじゃないかしら」

「……」

ぬけぬけとした口調の美羽姫に、竜之助は開いた口がふさがらない。

八

すっかり陽が落ちて——。

竜之助と文治が、今日も収穫はなかったと、重い足取りで奉行所にもどって来ると、同心や小者たちが慌てて飛び出して行くところに行き合った。〈御用〉の提灯（ちょうちん）が奔流のようにこっちに向かってくるさまは、ちょっとした壮観である。

「どうした？」

と、奉行所の小者に訊いた。

「押し込みです」

竜之助と文治も、すでにいっしょに駆け出している。

「どこだ？」

「日本橋の西河岸町（にしがしちょう）です」

そこは日本橋の南詰のすぐわきあたりである。いまも、その近くを通ってもどって来たのだ。

大店や蔵が立ち並ぶ通りで、有名どころでは飴の〈栄太楼（えいたろう）〉がある。

「矢崎さんは？」

「一足先に駆けつけています」

「じゃ、おいらは先に行くぜ」

と、竜之助は走り出した。

速いのなんのって、お濠沿いの道を全力で駆けると、呉服橋の手前で矢崎三五郎にも追いついた。

だが、矢崎は俊足自慢で追い越しでもしたらひどく恨まれる。速度を落とし、わざと息切れしながら、

「矢崎さん、待ってください」

と、後ろから名を呼んだ。

「おい、福川か。なに、これくらいで息なんか切らしてるんだ」

「はい。腹も減ってましてね。それより、押し込みだそうですね」

「ああ、海産物問屋の讃岐屋だよ」

「え、讃岐屋……」

思わず足が止まりそうになった。一刻ほど前に出会った美羽姫は、讃岐屋の宴会に出ると言っていたはずである。

「なんだ、知ってるのか?」

「いえ、とくには」

「そこだ、そこ」

すでに、町方の者が駆けつけ、周囲を取り巻いている。

野次馬も大勢、集まってきた。

「どけ、どけ」

矢崎が人波をかきわけ、竜之助も後につづいた。

店はすでに戸閉まりもされ、表向きは静まり返っている。わずかに二階の戸がすこし開けられ、こっちのようすを見ている気配がある。

「中のようすを知っている者はいるか？」

「はい。あたしが」

と、若い男が答えた。

「ここの手代で、押し込みの連中が来るとすぐ、逃げ出して番屋に報せました」

「押し込んだのは何人だ？」

「たぶん、お侍が三人です。うちにも用心棒が二人いて、斬り合っていたみたいですが、それでどうなったかはわかりません」

こうして人質も解放されていないということは、用心棒も役に立たなかったのだろう。

「中には大勢いるのか?」

「はい。ですが、あるじや番頭、手代たちは皆、一部屋に集められ、縛り上げられていると思います」

「なるほどな」

矢崎は落ち着いたようすで、店の二階を見つめた。

町方の人数はどんどん増えてきている。文治も到着した。

御用の提灯の数も、すでに三、四十は超しているだろう。奉行所からは、市中取締りの与力、斎藤専蔵(さいとうせんぞう)も出張ってきた。指揮はこの専蔵が取ることになるだろうが、じっさいは同心たちの意見で決定する。

矢崎などは、すっかり自分の出番だというように、店の正面に立って腕組みをしている。

「矢崎さん。わたしは裏手に回りましょうか?」

と、竜之助が訊いた。

「あ、おめえか。おめえはこれには関わらなくてもいいよ」

「そんな」

「馬鹿野郎。この手の仕事は、悪党との駆け引きが大事でな。見習いのやれることじゃねえんだ。ま、気持ちはわかるが、おめえは例の洗濯物の件の調べを続行しといてくれ。あの青物町の名主がまたやって来て、明日中には、調べたことを報告することになってるんだ」

「え、明日ですか」

どうしてこっちの都合も聞かずに、勝手な約束をするのだろう。

「ここから青物町はすぐだろうが」

「そりゃ、まあ」

「ほら。さっさと行きな」

と、竜之助は現場から追い払われてしまったのである。

第二章　禿げと禿げ

一

話は少しもどるが——。

人質を二階に上げ、子どもをのぞいた全員を後ろ手に縛って下りてきた立岡練蔵たちは、倒れている島田為二郎を見て愕然とした。

「なんということだ」

「島田、しっかりしろ！」

小沢丈助が肩をつかんで揺さぶるようにしたが、まったく息をしていない。肩から胸までばっさり斬り下げられていた。凄い腕である。間違いなく即死だったろう。

「誰が斬った？」

と、立岡練蔵は、もう一人の用心棒である片平波右衛門（かたひらなみえもん）に訊（き）いた。

「わしだ」

「きさま」

練蔵の義理の息子である立岡慎二郎が刀に手をかけた。

「慎二郎、よせ」

「ですが」

「片平。訳を言え」

練蔵が片平波右衛門を睨みつけながら言った。片平は島田と同じ四十ちょっと
と聞いていたが、見かけはずいぶん老けている。それも髪がかなり抜け、前のほ
うは元の髪はなく、地肌が光っていたりするせいだろう。

「わしだって、よくわからぬ。島田が手代の一人をそこからそっと逃がしている
のを見て、何をすると責めたところ、いきなり斬りかかってきたのだ。それで、
わしも咄嗟（とっさ）に刀を抜き、島田を斬った」

「島田ほどの者を一太刀でか」

立岡慎二郎は、唖然（あぜん）としている。

「手代を逃がした？　なぜ、そんなことをしたのだ？」

と、小沢丈助が訊いた。

「知るものか。親戚の者でもあったのかもしれぬ。たしか、遠縁の者が店にいるとかは言っていたような気がする」

「そうか」

練蔵はうなずいた。人のよい島田ならしそうな気がする。だが、いきなり斬りかかるだろうか。

「仕方ない。島田抜きでことを進めるしかない」

小沢がそう言うと、

「なんてことだ」

立岡慎二郎は鬢（びん）のあたりをかきむしるようにした。

いきなり計画は狂い出していた。

本来の計画は、三人で押し入り、手引きした用心棒二人は峰打ちで倒されたことにし、用意しておいた舟に三千両を移して逃亡するといったものだった。なんの苦もなく完遂できる計画と、誰も疑っていなかった。

――だが、計画というのは、そういうものだ。

と、立岡練蔵は思った。これまでも、夢想した筋書きがどれだけ空しく崩れ去ったか。とくに四十を過ぎてからの人生といったら、計画を立てれば立てるほど、悪いほうへと転がった。

そのうち、外で誰かが騒ぎ出した。

「もうすぐ、町方が来るぞ！　大丈夫だ、助かるぞ！」

そんなふうに叫んでいる。

「糞っ。報せ（しら）が届いたのか」

立岡慎二郎が顔を歪（ゆが）めた。

まもなく、大勢の足音が聞こえてきたのだった。

二

近辺の岡っ引きなども次々と駆けつけて来て、顔見知りの同心の指揮下へと入っていく。そうした動きの中心にあって、矢崎三五郎は讃岐屋の正面に立ち、腕組みして建物全体を睨みつけている。

明らかに人目を意識している。じっさい、その姿はかなり絵になっている。

与力の斎藤専蔵も矢崎に声をかけ、

「矢崎。ここはそなたが中心になって働いてくれ」

と、言った。

「光栄です。存分にやらせてもらいます」

矢崎は自信に満ちた表情でうなずいた。

だが、迂闊に動くことはできない。なにせ、大勢の人質がいるのだ。

逃げ出してきた手代を呼んだ。

「名前は？」

「枡吉といいます」

歳はまだ二十歳くらいだろう。やけに背が高く、常人より頭一つは確実に高い。落ち着きなく表情が変わるが、そのくせどこか図々しさを感じさせる。

「おめえ、よく逃げられたな。逃げたのは一人だけか？」

「用心棒がそっと逃がしてくれたのです。早く、番屋に報せろと」

「なるほど」

「それから、皆さんが駆けつけてくれるあいだ、わたしは外から、もうすぐ町方が来るぞと大声で怒鳴ったりしていました」

「うむ」

矢崎は難しい顔をして、首をかしげた。

「そんなこと、しないほうがよかったですか？」

「ううむ。難しいところだな。そいつらに油断させておけば、こっちはいっきに侵入できたかもしれぬし」

「あっ、そうですね。せっかく、その用心棒がそっと逃がしてくれたのに。ああ、なんてことをしてしまったんでしょう」

枡吉は頭をかきむしり、

「わたしはいつもそうなんですよ。なんか余計なことをしてしまうんです。この前なんかも……」

「まあ、やってしまったものはしょうがねえ。曲者（くせもの）が三人というのは間違いないか？」

「それはなんとも。あたしが見たのは三人だけです」

「皆、侍か？」

「おそらく、そうだと思います。あるいは浪人かもしれませんが、いや、もしかしたら芝居好きの町人なのか……」

「おめえ、あんまり考えねえほうがいいぜ」

「どうも考えすぎてしまうところがあるんですよ。このあいだなんかも……」

「それはいいから、なにか、覚えていることはねえか？」

「覚えていること？」

「顔の特徴とか」

「手ぬぐいで鼻から下を隠していましたので。あ、でも、一人はかなり頭が薄かったです」

「頭が薄い？　髪が薄いだろ」

「あ、そうですね。頭が薄いと言ったら、頭が平べったいっていうふうに受け取られるかもしれませんしね。じつは、わたしもそうなんです。赤ん坊のときからそうで、母親がいくら横向きに寝かせようとしても、身体は横になっても頭は上を向いて微動だにしなかったって」

「おめえの頭のことは、どうでもいい」

「ええ。前のほうは月代を剃っているせいもあるのでしょうが、つるっつるでした。後ろのほうもだいぶ薄くなっていて、髷なんかこんな小さくなっていました。一瞬、うどんでもつけてるのかなって思ったくらいでした」

「頭にうどんつけるやつがいるか、馬鹿。ほかは？」

「一人は、そこまで薄くはなかったですが、ふさふさというほどではなく、かなり白髪も多かったです」

「あとは？」

「もう一人は……やっぱりすこし髪が薄かったですかね」

「なんだよ、おめえの話は。皆、薄毛だったたってだけか」

「あい、すみません。なんせ動転していたうえに、ふだんから人の頭ばかり見下ろしているもので。旦那もここんとこに小さな切り傷がありますね。月代を剃るときに切っちゃったんですね」

「ま、そうなんだけどな。それで、店のつくりを知りてえんだが、ここは間口は十間以上はあるな？」

「はい。十二間と半あります」

「中はどうなっている？」

「一階の半分ほどが店になっています。それで、奥に客間のほか、手代たちの部屋や台所、風呂がつづき、中庭の奥に厠（かわや）と蔵が一棟あります」

「蔵はそれだけか？」

「いえ、こっちの二棟も手前どもの蔵です」

と、背中のほうを指差した。

「裏口は？」

「裏口はありません。建物の両側に出入り口があり、あたしはその右手の台所口から出てきました」

「おい、ちっと両脇の出入り口が開いているか、確かめてきてくれ」

矢崎はほかの同心に声をかけた。

大滝と、もう一人、若手の同心がそれぞれ左右に分かれ、狭い路地を入って行ったが、すぐにもどって来た。

「駄目だ。中から閂を下ろされている」

「こっちもだ」

矢崎はその返事にうなずき、

「曲者はどこから入って来たんだ？」

と、枡吉に訊いた。

「それがわからないんです。まだ、宴会が始まってまもないころでしたので、脇の出入り口は開けておいたのだと思います」

「二階はどうなってるんだ？」

「二階のこっちは旦那の家族の住まいになっています。それと、裏のほうに住み込みの女中たちの部屋があります。おけいちゃんっていうわりとかわいい娘もいて、そのおけいちゃんも住み込んでいます」

「ああ、そうかい。それで、人質はどこにいるんだ？」

「たぶん、男たちは縛られて、二階に上げられていると思います。そんなようなことをすると言っていましたから」

「人質の数は？」

「かなりいると思います」

「なんで？」

「今日は、無事にみかん船が入ったので、うちわの宴会をすることになっていたんです。そのため、番頭さんから手代に小僧たち、それから女たちもいて、ぜんぶで二十五人、あ、芸者も一人来てました。それに用心棒の方も入れると二十八人ほど」

「用心棒が二人とは多くねえか？」

「この時期、品物の出入りが多く、準備する金も大きいので、年末まで一人増やしているのです」

「それで斬り合いになっていたんだな？」

「それがわからないんです。刀を抜き、曲者のほうに寄って行くところは見ましたが、すぐに斬り合いにはなっていなかったと思います」

「まあ、斬り合いというのは、そんなものなのさ。だが、用心棒たちはもう生きちゃいねえかもしれねえな」

「そうですか。島田さんとおっしゃる用心棒は、気さくでいい人だったんですがねえ」

「こいつらは、ずいぶんと手際がいいぜ。初めてじゃねえかもしれねえな」

矢崎は周囲の小者たちにそう言ってから、

「斎藤さん。どうやら、人質は二階に上げられたみたいです。うっかり突入もできませんね」

与力に大声で報告した。

「そうか」

「なあに、向こうだっていつまでも中にはいられねえ。逃げ出す手立てを考えて、なにか言ってくるはずです。それを待ちましょう」

「わかった」

与力はそう言って、少し疲れたらしく、肩をとんとんと叩き始めた。

三

竜之助は、日本橋前の通りを横切って、万町の料亭〈灯り亭〉の前に来ていた。洒落(しゃれ)た小さな門は開いていて、石畳の路地の向こうに玄関が見えている。その玄関のわきに白い犬が座っていた。

犬は、竜之助を見ると、

わん。

と、一声鳴き、激しく尻尾(しっぽ)を振った。

「よう、白兵衛」

声をかけると、とっとっと、という足取りで近づいてきた。竜之助もしゃがみ込み、白兵衛の喉のあたりを撫(な)でた。

「お前の謎も解いてやらなくちゃならねえしな」

「くだらねえけど、難しい謎ですよね」

と、文治が言った。

「たしかに」

「また、犬はしゃべりませんからね」

「でも、しゃべらねえほうが、余計なことも言わないので、考えが乱されることもないぜ」

「そういうもんですかい？」

「あの髪を切られた置き屋の女たちを見てみなよ。ずいぶんいろんなことをしゃべってくれるけど、真相に迫れる気がするか？」

「ああ、あいつらにしゃべられると、訳がわからなくなる一方ですね」

「そうだろう」

「とくに、あの婆あ。今日あたりも訳のわからねえことを言ってましたぜ」

四人をいっしょにしておくと、すぐにくだらない話に逸れてしまうので、今日は一人ずつ話を聞いたのだ。婆さんは文治が担当した。

「何を言ってたんだ？」

「ときどき前を通る竿竹屋にも恨まれてるって言い出しましてね。なんでも、家の前に座って一服してたので、竿を買うと声をかけたんだそうです。すると、婆さんの顔を見て、あんたには売らねえって言ったらしいんで」

「そりゃあ婆さんは怒っただろうな」

「婆さんは、あんまり憎たらしいから、そいつが小便に立った隙に、のこぎりを持ち出して、一節分、切りやがったそうです」

「よくやるよなあ」

「竿竹屋はあとで気づいて復讐したのかもしれないから、そいつを当たってみてくれと言ってました」

「文治は何て言ったんだい？」

「竹の一節分で芸者四人を坊主にするやつはいめえよと」

「そりゃそうだ」

竜之助は笑って、それから灯り亭の両隣を見た。

右隣は下駄屋で、昼間見るとかなり繁盛していた。

左隣は骨董屋の蔵である。店構えを見る分には、ここはかなりいいものを売る店らしい。

どちらも店をすでに閉ざしていた。

竜之助が交互に見ていると、

「ありがとうございました」

という声がして、灯り亭からあるじの総右衛門と、四人ほどの客が出て来たところだった。

「おいしかった。さすが灯り亭だね」

「また寄せてもらうよ」

「どうぞ、ご贔屓に」

などという声がして、客が去って行くのを、竜之助と文治はわきに身を寄せて見送った。

「おや、福川さま。お出でいただいていたので？」

「よう。ちっと訊きたいんだが、ここらで最近、泥棒が出ただの、そういう話はなかったかい？」

「いいえ。ここらのあるじは皆、友だちのようなものでしょっちゅう挨拶していますが、誰もそんなことは言ってませんよ」

「そうか、泥棒でもねえか。いいんだ、じゃあな」

竜之助もとくに思い当たって訊いたわけでもないので、ひとまずここはあとにすることにした。

四

「もうかなりの町方が駆けつけて来ています」

二階から下りてきた立岡慎二郎が言った。

駆け上がろうとする立岡練蔵に、

「わしは二階には行かぬ。面が割れてるからな」

と、片平波右衛門が言った。

「だが、あるじには知られただろうよ」

一階にいるのは、この店のあるじ、讃岐屋宇右衛門（うえもん）だけである。讃岐屋は脂ぎった大きな顔を両手でふさぐようにして、土間にしゃがみ込んでいる。

「こいつはいいんだ」

片平はそう言って、にやりと笑った。

練蔵と小沢は二階に駆け上がり、窓を小さく開けて、外を見た。

周囲をぐるりと、御用提灯（ちょうちん）が囲んでいた。

「すっかり取り巻かれたな」

「ああ、裏にも回っているだろうから、ざっと四、五十人はいるな」

町方だけでなく、そのわきには火消し衆、さらに大勢の野次馬も集まって来ていた。

「まったくあのあるじの野郎、蔵を開けるのにぐずぐずしやがって」

カギを出すまでものらりくらりして、ひったくると開けるのにコツがいるなどと言い、いざ開ける段には手がぶるぶる震えてと、さんざん苛々(いらいら)させられたのだった。

「舟は来てるか？」

通りの前には蔵が立ち並んでいる。その蔵の合い間から見える日本橋川のようすに目を凝らしながら、練蔵が訊いた。

「ああ、大丈夫だ。ちゃんと来てるよ」

「いまごろはあれで、佃島(つくだじま)の裏あたりに逃げているはずだったのに」

練蔵は文句を言いながらまた下におりた。

奥の蔵に準備してあった三千両は、いま、帳場のところに積んである。

「これはなんとしても持ち帰るぞ」

小沢が言うと、

「当たり前だ」

練蔵はそう言って、一つ、持ち上げるようにした。重いと言われる千両箱だが、鍛えた腕にはさほどでもない。三つはたいへんだが、二つくらいだと両手に提げて逃げることだってできる。

「こうなったら、斬りまくって逃げよう」

練蔵がそう言うと、

「捕まったりしても、道場のことは口にするまい」

小沢もうなずき、

「わたしは捕まるというときには自決します」

慎二郎が言った。

「そりゃ駄目だよ」

と、片平が呆れたような顔をし、

「早まるな。舟はそこに来ているのだから、逃げ切れるはずだ」

「どうかな。舟だって追われるぞ」

練蔵が力のない口調で言うと、

「大丈夫だ。こんなときのための策は用意してあるのだ」

片平は意外なことを言った。

「策だと」

「ああ、これは、島田もいっしょに詰めた策のはずなのだが」

片平は不思議そうにした。

「こやつ、ほんとにどうしてしまったのだろう」

「やはり、いざとなったら、数を少しでも減らし、取り分を多くしたくなったのかも」

「島田はそんなやつではありませんよ」

練蔵たちは、かつての仲間である島田為二郎の遺骸を、信じられないように見つめた。

五

「矢崎、大丈夫か？」

まるで大勢の敵にたった一人で睨みをきかすような顔で立ちつくしている矢崎三五郎のそばに、戸山甲兵衛（とやまこうべえ）が寄って来た。

「なんで、あんたまで出張ってるんだ」

矢崎は嫌な顔をした。

　戸山は吟味方の同心のくせに、このところやけに外の事件に関わりたがるのだ。しかも、余計な推論をしゃべっては、自分で「ずばりの甲兵衛と綽名されている」などとぬかしている。

「今日は、総動員だよ」

「ここはおいらが仕切ってるんだ」

「ああ、構わねえよ。だが、仕切るってことは、なにかするんだろ。見てるだけじゃ、仕切るとは言わねえよな」

「当たり前だ。いま、それをやるところさ」

　矢崎はそう言って、

「大滝さん。ちょっと」

　と、呼んだ。

「どうした？」

「ほら、両隣の店の屋根を見てくれ。ずいぶんくっついてるだろ」

「そうだな」

「しかも、讃岐屋の二階の窓は、ときどき誰かがこっちをのぞくから、たぶん開いている。あそこから精鋭十人を組織して斬り込ませる」

「突入か」

「ああ。人質は二階にいる。連中は千両箱を抱きかかえて、一階にいるに決まっている。二階から突入すれば、人質は助けられるし、連中は外に逃げ出すしかしようがなくなるってもんだ」

「なるほど。よく、わかった」

と、大滝は周囲を見回し、

「草野、湯口、萩原、伊藤……」

腕が立つと言われる男たちを呼んだ。

「あれ、矢崎、福川はどうした？　こういうときこそ、あいつがいちばん頼りになるだろうが」

「あいつは、青物町の洗濯物の謎に取り組んでいるんだ」

「こんなときに？」

「しょうがねえだろう。あのうるせえ名主が明日には途中報告を聞きたいとぬかしているんだから」

「そういうことか。あと二人、戸山、おぬし行くか？」

大滝は戸山をからかうように訊いた。

だが、戸山は腕に自信があるらしく、

「その言葉を待ってたぜ」

そう言って、にたりと笑った。

「それと、わしも行く」

大滝はさっそくたすきを回した。

「どっちから行く？」

と、矢崎が大滝に訊いた。隣は飴の栄太楼と、お茶の問屋である。

「飴屋より茶問屋のほうが渡りやすそうだな」

「わかった。そうしてくれ」

さっそく茶問屋に声をかけ、精鋭十人が中に入っていった。

矢崎はそのようすを見ると、振り向いて近くにいた顔見知りの岡っ引きに、

「野次馬連中に厳しく言ってくれ。これから起きることで、余計なヤジを飛ばしたりしたら、すぐにしょっぴくとな。これは、立て籠っているやつらにぜったい気づかれちゃならねえんだ」

と、言った。

六

讃岐屋周辺のざわめきは届いてくるし、御用提灯の明かりが列をなして揺れているのが見える。

押し込みのことはやはり気になるが、あそこにいても仕事をさせてもらえないのではしょうがない。竜之助と文治は、青物町の消えた洗濯物の調べに向き合わなければならないのだ。

「まずは一回りしよう」

と、竜之助は言った。気持ちも新たに見て回れば、いままで見逃していたものも見えてくるかもしれない。

文治とともに、洗濯物が消えたあたりをゆっくり歩いた。

盗まれた洗濯物すべてを訊き出すのに昨日までかかったが、今日はもうその必要はない。

ざっと回って、

「まず、思ったのだが、この盗人は土地鑑があるよな」

と、竜之助は言った。

「あ、そうですね。細い路地なんかも入ってますからね」

「それと気づいたのは、青物町の中でも盗まれていない一角もあるってことだ」

「たしかに、万町寄りの一部は、まったく手つかずみたいですね」

「海賊橋のほうから盗み始めて、途中でやめたんだ」

「ははあ」

「なんでだと思う？」

「夜が明けてきたんじゃねえですか」

文治は自信ありげに言った。

「ううむ。何刻あたりから始めたのかはわからねえが、洗濯物を盗むのにそれほど時を費やすもんかね」

「もう一回り、盗人になったつもりで歩いてみますか？」

「そりゃあいい考えだぜ」

盗まれた家をずうっと回った。

盗むしぐさもして、時間のかかり具合も確かめる。

「ここまでだ」

空を見上げ、月の動き具合を確かめてから、

「まだ、一刻（二時間）足らずってとこでしょうね」

と、文治は言った。

「だろ。夜は明けてねえはずだ」

「じゃあ、見つかりそうになったとか？」

「いや、誰も気がつかなかったって言ってただろうよ」

「ええ」

竜之助はしばらく腕組みして考え込み、

「足りたのかな」

「足りた？」

「もう、いいやと思ったのかも」

「何がもういいんです？」

「おいらもそこんとこは、よくわからねえんだが……盗まれたものをぜんぶ見られるといいんだがな」

「旦那。盗まれたものはないでしょう」

と、文治が微笑（ほほえ）んだ。

「いや、同じものでなくてもいいんだ。似たようなものを並べると、なにかわかるかもしれねえ」

「へえ」

「そうだ。うちへ行こう」

青物町から、八丁堀の役宅までは、ほんのひとっ走りである。

七

「やっぱり、あるじには死んでもらおう」

片平が離れているところにしゃがみ込んでいる讃岐屋を見ながら、低い声で言った。

「殺しはよせ」

と、立岡練蔵は顔をしかめた。

「この際、仕方あるまい。あんただって、さっき町方を斬って斬りまくってとか言っておったではないか」

「だが、何の罪もない男だ」

「罪もないだと。冗談言うな。わしはここで働いていて、こいつの人でなしぶりはたっぷり見てきたぞ。こんなやつ、滅多斬りにされてもいいくらいひでえやつだぜ」

「そうなのか」

「まあ、見ていろ」

そう言って、片平は讃岐屋に声をかけた。

「おい、あるじ、おめえには死んでもらうぜ」

「そ、そんな。金はぜんぶ、やる。助けてくれ」

讃岐屋は土下座しながら懇願した。

「じゃあ、お前の命を助けるかわりに手代や女中を五人ほど斬るが、かまわぬか？」

「ああ、もちろんです。あんなやつら、いくらでも斬ってください。どうせ、役立たず者ばっかりなんですから」

讃岐屋は必死で言った。

「ほらな」

と、片平は練蔵たちを見て笑った。

「ほんとにひどいやつだな」

小沢丈助も呆れて言った。

「だが、人質としては、やはりあるじがいたほうがいいだろう」

練蔵は殺したくはないのだ。

「なあ、わしと、あるじ。似ていると思わないか？」

片平は悪戯（いたずら）でもするみたいに笑って言った。

「頭がな」

どっちも禿（は）げている。その薄くなったかたちが、二人はよく似ている。同じ薄い髪でも、立岡練蔵とはちょっと違うのだ。

「わしが、あるじに化けよう。それで人質になる」

「ばれないとでも思ってるのか？」

「ばれないさ。暗いし、うつむいて、できるだけ顔を見られないようにしておけばいい」

「ううむ」

練蔵は、なにかもっといい手はないかと考えたが、なにも浮かばないようだった。

「顔を潰しておこう」

と、片平はさらりと言った。

「わしらがここを出たあと、町方が飛び込んでくる。そのとき、あるじが顔を見せて死んでいたら、すぐ、さっきのは贋者(にせもの)だとなるではないか」

「顔をだと？」

「それの何がまずい？」

「着物も替えておけば、逃げているあいだじゅう、わしはここのあるじと思われている。それはいろいろ都合がいいだろうよ」

「なるほど。だが、顔を潰すというのは」

練蔵は顔をしかめた。

「そんなに嫌なら、わしがやる。そなたたちは上に行って、人質を連れて来てくれ。人質はやっぱり女がいい」

「女？」

「ああ。それと、舟まで千両箱を運ばせるから手代を三人ばかり頼む」

「わかった」

練蔵はうなずき、小沢丈助とともに二階へ上がって行った。

八

「よし。突入隊が出て来たぞ」

と、矢崎が言った。隣の茶問屋の二階の窓が開き、たすきがけの男たちがぞろぞろと屋根の上に現われたのだ。

周囲にいる者は皆、これから始まる突入を固唾(かたず)を飲んで見守っている。咳払い一つ聞こえない。野次馬たちには、声を出したらしょっぴくと、小者を通して命じてある。だが、脅しが利き過ぎたのか、皆、まるで声を上げず、あまりにも静まり返っていた。

「おい、ちっと静かすぎねえか。いかにも、これから何かやるって雰囲気だぞ」

矢崎が後ろを振り返ってそう言うと、

「ど、どうすりゃいいので」

岡っ引きは何かしくじったかと、おどおどした顔になった。

「こういうとき、馬鹿な野次馬はへらへら笑っていたりするんだ。何人かに、へらへら笑わせろ」

「わかりました」

慌てて野次馬のほうにすっ飛んで行く。

「お、戸山と大滝さんも出てきた。大丈夫か、あの人たちは」

茶問屋の屋根に十人が出揃ったが、まだ誰も隣の屋根には移っていない。

「おい、どうした？」

大滝が小声で訊いた。

「ここから見ると、けっこう離れているんですよ」

「どおれ？　ほんとだ」

「これは飛び移ると、瓦が割れたりして音も出ますよ」

「うむ。気づかれたら、まずいことになるな」

大滝はためらった。

そこへ戸山も顔を突っ込んできて、

「こりゃあ駄目だな。そうだ。梯子（はしご）を渡せばいい」

と、言った。

「そうだ、梯子だ。おい、誰か、梯子を持って来い」

大滝もその案に賛成した。

どうも屋根の上の動きがぐずぐずしている。何人かがまた家の中にもどったりしているのだ。

「なにやってるんだ？　ようすを訊いて来い」

すぐに伝令が走り、中のようすを聞いてきた。

「けっこう離れているので、音がしたりしないよう、梯子を渡すということです」

「それほど離れてるかよ」

矢崎は不満げに言って、ここから見えている茶問屋の屋根の縁と、讃岐屋の屋根の縁を延長してきたあたりに、足で線を引いた。

「こんなもんだぞ。距離は」

「はい」

伝令に走った男がうなずいた。

「飛んでみようか？」

と、矢崎は飛んでみせた。

「ほおら、飛べるだろうが」

「ですが、屋根の上となると、瓦だし、斜めになってますし」

「まったく、それくらいなんだよ」

矢崎は舌打ちし、梯子が隣の屋根に渡されるようすを見つめた。

九

竜之助と文治が八丁堀の役宅にもどると、玄関口まで迎えに出たやよいが、

「竜之助さま。なんか押し込みがあったらしいですね」

と、訊いた。

「もう聞いたのか？」

「はい、松村さまの奥さまから」

近所の同心の新造で、とにかくこの女はおしゃべりで、ここらの噂話をしてまわっている。大事な秘密を抱える福川家にとっては、要注意人物の一人である。

「そうなんだよ」

「いいんですか、こんなところにいらっしゃってて？」

「見習いはほかの調べをしていろと言われてな」

「まあ」

やよいは不満げな顔をした。

「だが、そりゃあそうだよ。いま、町方の力を貸して欲しいというのは押し込みにあった人だけじゃないんだから」

竜之助は、なぐさめるように言った。

「たしかに、そうですよね」

やよいもすぐに納得する。

「それで、洗濯物を並べて欲しいんだ」

「洗濯物を？　どうしてですか？」

「妙な盗みなので、確かめたいことがあるのさ」

「わかりました。どれだけ並べればよろしいのですか？」

「これだよ」

と、竜之助は盗まれた洗濯物を記した手帖をやよいに見せた。

「まあ、とてもこんなにたくさんはありませんよ」

「お隣などから借りてもらえねえかい」

「わかりました」

やよいはすぐに飛び出して行き、しばらくすると、たくさんの洗濯物を抱えてもどって来た。

「草野さまのご新造さまから、うちの人のふんどしを何する気だとしつこく訊かれました」

「どっちが白いか比べるんだとか言ってやれ」

竜之助はめずらしく冗談を言った。

「ぷっ。それと、湯口さまのご新造さまは、古い腰巻は恥ずかしいから嫌とおっしゃって、わざわざ新しいものを二枚も出してきて」

「じゃあ、やよいが汚して返すといい」

今宵の竜之助の冗談は冴えている。

「ぷっ。でも、まあ、どうにかぜんぶ揃えました」

と、並べ始めた。

だが、すぐに部屋の面積分など埋まってしまう。

「男物の着物を広げると、こんなになるのか」

「男物だけで十四枚もありますから」

八畳間でも足りない。

「なあ、やよい。着物ってのは、ほどくと平らな布になるんだよな」

「はい。洗い張りするときはそうしてます」

「一枚だけでいいから、ちっと、ほどいてみてくれねえか」

「わかりました」

手早くほどいて畳に広げると、

「なるほど、こんなふうになるのか」

男女の着物だけでも、役宅の床をすべて覆ってしまうほどである。

ほかにも、男女の襦袢（じゅばん）や腰巻、ふんどしに手ぬぐい、風呂敷や腹巻に腹がけ、おしめまである。

「これぜんぶを、平らな布にしたら、何反分になるんだろうな」

「着物一枚がつくれる大きさが一反ですよ」

「あ、そういうことか」

丸めて売ってあるのが一反で、長さの意味など考えたことはなかった。

「そうですね、ざっと三、四十反というところでしょうか」

と、やよいは言った。

「ううむ」

竜之助が考え込む。

「なにか、わかりましたか？」

文治が訊いた。

「いや、まだだな」

竜之助にとっても難問らしい。

と、そのとき、外から声がかかった。

「押し込みのあった讃岐屋から、人質を取った下手人たちが出て来るみたいですよ」

おしゃべりの松村家の新造である。

「いよいよか」

竜之助は文治を見た。

「ええ」

文治も駆けつけたそうにしている。

野次馬に混じって見るくらいはいいだろう。

「よし、行こう」

竜之助は役宅を飛び出した。

十

竜之助と文治が日本橋のそばの現場に駆けつけて来たとき、ちょうど讃岐屋の中から曲者たちがぞろぞろと出てきたところだった。

屋根の上には同心たちが大勢いて、どうしていいかわからないといったように、下の動きを眺めている。

竜之助は、ここの状況をざっと眺め、

——そうか。舟で逃げる気だな。

すぐにそう思った。こっちは追跡用の舟を用意しているのかと心配になった。

矢崎にそれを伝えようと、野次馬をかきわけて近づいた。

「矢崎さん」

「なんだ、福川。おめえは青物町のほうに専念しろと言っただろうが」

矢崎は怒った顔で言った。

「ですが」

「ほら、あそこを見ろ。名主が来てるぞ」

矢崎はそっと、野次馬の一角を指差した。青物町の名主の曽我小左衛門が、興味津々といったようすで目を光らせていた。

「あ、ほんとですね」

「うちのほうは後回しにされたとか言うやつなんだ、あいつは」

「はあ」

「いい。ここはおいらたち熟練の同心に任せておけ」

と、矢崎は竜之助が近づくのを手で制した。

曲者がまず一人、先に出て来た。

提灯を持っていないので、顔はよく見えない。しかも、鼻から下は手ぬぐいで隠されている。ただ、髪が薄く、頭皮が淡い月の光までよく弾いているのは、誰の目にもわかった。晩秋の夜風の中、それはどことなく寒そうでもあった。

つづいて、人質たちが出て来た。

女たちである。

「あ、ありゃ、お内儀（かみ）さんだ」

と、先頭の女を指差し、野次馬が言った。

次に出た女を見ると、さっき話を聞いた手代の枡吉が、

「あ、おけいちゃんだ。おけいちゃん！」

と、声をかけた。だが、おけいは何も答えず、そのまま歩いた。

着飾った女も出て来た。これは野次馬にも思い当たる者がいないらしい。

ただ、竜之助はこうつぶやいていた。

「まいったな。人質に取られちゃったぜ」

そして、小さな女の子が外へちょこちょこという足取りで現われた。まだ、六、七歳といったところか。

すると突然、

「あ、うちのお菊（きく）が。どうして、うちのお菊を」

と、女が喚（わめ）いた。

「誰だ、そなたは？」

矢崎が声をかけた。

「隣の飴屋です」

「ああ、栄太楼のお内儀さんか」

「もう寝たのかと思ってたら、隣に遊びに行ってたのね。その娘はうちの娘なんですよ。返して！　人違いです。それは、うちの娘！」

栄太楼のお内儀が、男たちのそばに駆け寄った。

「寄るな！　寄ると、斬るぞ！」

立岡が抜き身の刀をすっとお菊に近づけた。

「あっ」

思わずお内儀の足が止まる。

「お内儀さん。ここは我慢を。かならず、おいらたちが助け出しますから」

矢崎がそばに行って言った。

「お菊！」

母親の呼びかけに、お菊はうなずいて見せ、

「大丈夫よ。おっかさん！　この人たち、そんなに悪い人じゃないから」

と、言った。

このやりとりを聞いて、竜之助は、

「ほう」

と、つぶやいた。

人質の最後は、讃岐屋のあるじらしかった。

あるじは殴られでもしたのか、手ぬぐいで目のあたりを押さえ、元気のない足取りでとぼとぼと歩いた。だが、元気を無くしてはいても、がっちりした体型をしているのは見て取れた。

それから曲者が一人出て、千両箱を抱えた手代が三人つづいた。

「三千両が奪われるんだ」

野次馬からため息のような声が出た。

そして、もう一人曲者が出て、それで終わりらしかった。

曲者の列はまっすぐ通りを横切った。

「どけ。邪魔する者は斬るぞ」

先頭の曲者が怒鳴ると、野次馬の列が割れた。

そのあいだを進むらしい。

「どこへ行くのだ？」

矢崎三五郎が慌てたような声を上げた。

通りの前には蔵が立ち並んでいる。その蔵のあいだに入った。その向こうはお濠（ほり）にもつながる日本橋川である。

「しまった。舟で逃げる気か」

矢崎は呻いた。

列を見ながら、矢崎たち町方の者も、別の隙間を通って、ぞろぞろと日本橋川のほとりに出た。

舟が用意してあった。

一艘だけ。猪牙舟よりはいくらか大きめの舟である。船頭はいない。

「いつの間に」

「前もって準備してあったのだろう」

「くそっ。気づかなかった」

町方から悔しげな声が洩れた。

「急いで舟を準備するぞ」

と、矢崎が若い同心に言った。

「わかりました」

若い同心は慌てて駆け出して行く。

「その追跡の舟には、さっきの突入隊を乗せる。もう、突入はいいから、早く下りて来いと伝えろ」

矢崎は別の同心に言った。

その突入隊だが、ようやく窓のところには辿(たど)り着いたのだが、窓は心張棒でもかけたらしく、びくともしなかったのである。

竜之助の周囲にいた野次馬たちの一部が急に騒がしくなった。

「あら、福川さま」

「早くあいつらをぶった斬ってくださいよ」

本材木町の芸者置き屋の連中も、野次馬になって見に来ていたのだ。

「あら、あの妓(こ)。うちで今日だけ頼んだ妓じゃないの？」

「ほんとだ。名前、なんて言ったっけ？」

「美羽奴とか」

またべらべらと余計なおしゃべりを始めた。

「なんか、芸者にしちゃ勿体(もったい)ないような品のいい妓だったわよね」

「だって、ちらっと顔合わせさせたとき、讃岐屋の旦那はすっかり気に入っちゃって、いまにも取って食べたそうにしてたもの」

「今晩、食べられるところだったんじゃないの。あの旦那、初物大好きだから。ばくばくって、頭からつま先まで」

「そうよ。それがこんなことに巻き込まれて」

「よかったんだか、悪かったんだか」

竜之助はそれを聞いていて、

──まったく美羽姫は危なっかしいな。

と、うんざりした。


野次馬にはいろんな人がいる。

「竜之助さま」

と、背中を突っつかれた。

「え？」

見ると、蜂須賀家の用人である川西丹波がいた。

「わかってます。ご身分を偽っていることは。ほんとのお名前などけっして口にしませんのでご安心を」

顔を寄せてきて言った。酒臭い。

「だいぶきこしめしているようだ」

「いや、まあ、ちょっと付き合いで。江戸詰めというのは他藩の用人との付き合いも大事な仕事でして」

「仕事で飲むのはたいへんだよな」

「そうなのです。ただ、今日は飲み過ぎてしまいました」

「早く帰ったほうがよいのではないかな」

できるだけ、川西の前をふさぐようにして言った。美羽姫に気づかせたくない。

「ええ。帰りますが、押し込みらしいですね」

「まあな」

「舟で逃げるのですな。人質も取って。まったく、女子どもを人質に取るなど情けないやつ……え？」

暗くてぼんやり見えるだけだが、そこは毎日見ている相手である。なにかぴんときたのだろう。

「あれ……あれは、まさか……美羽姫さま？　そんな馬鹿な。夕方、風邪を引いたので早く寝るとおっしゃって、早々と布団にお入りになったはずだが」

それは影武者なのである。

「え？　あれ？　ちと、確かめてきます」

と、川西丹波はいなくなった。

曲者たちは提灯を使っていない。

月明かりは、月齢二十四日の下弦の月。周囲の御用提灯の明かりが加わっても、うっすらと見える程度である。

まず、人質たちが先に全員乗り込み、ついで手代が舟の中に千両箱を入れた。

その手代たちが、舟からもどって縁に立ったとき、何かささやき合うのが竜之助に見えた。

すると、三人の手代が、いっせいに曲者たちに組み付こうとした。皆、屈強な身体つきをした若い男たちである。

だが、曲者たちは機敏だった。

それぞれがさっと身をかわすと、手代たちに当て身を叩き込んだ。

「うっ」

と、呻いて、手代たちは皆、地面に倒れ込んだ。

——ん？

竜之助は、いまの一連の流れに、どこかおかしなところがあったような気がした。

もやいが解かれ、舟が出た。猪牙舟よりは二回りほど大きい。二丁櫓にもできそうで、かなり速度も出そうな舟である。

遠くのほうから、やっと追跡用の舟がやって来たらしい。

「こっちだ、こっち」

と、矢崎が怒鳴っている。

だが、うかつに手は出せないはずだった。

十一

曲者たちがいなくなった店に、同心たちはいっせいに飛び込んでいた。

「まずは人質の救出だ」

「二階だ、二階に行け」

などと喚いている。

竜之助も、中のようすを見ておこうと、矢崎の目を盗んで中に入った。文治もあとをついて来る。

一階の土間で男が二人、殺されていた。

「用心棒が二人いると言ってたな。この者たちだろう」

と、吟味方の同心が言った。

竜之助はしゃがみ込んで、遺体のようすを見た。

一人は肩から胸まで斬られ、血まみれになっている。

「凄い斬り口だな」

竜之助は感心して言った。刀も抜いているから、斬り合いになったのだろう。

それでも一太刀でやられている。曲者は相当の遣い手である。

だが、もう一人の用心棒を見て、顔をしかめた。

「これはひどいな」

顔に石を叩きつけられたらしく、陥没し、血だらけになっていた。

「この石でやったんですね」

文治がわきに落ちていた石を指差した。

「また、手頃な大きさの石があったもんだな」

「漬け物石でしょう」

文治はそう言った。

「変だよな」

と、竜之助は首をかしげた。

「どうしてです」

「なんでわざわざ漬け物石なんかで顔を殴るんだ？」

「やったやつが違うんじゃないですか？」

「そうかもしれねえ。それと、さっき、変なことがあったのを思い出した」

「なんです？」

「手代たちが咄嗟に曲者に摑みかかろうとしたよな」

「ええ」

「あのとき、讃岐屋のあるじがいちはやく気づいて、曲者に何か言ったんだよ」

それがあのとき感じた違和感だった。その違和感の正体に、いま、気がついたのだった。

「何か言った？」

「やれ、とか、いけ、とか、短い言葉だよ。だが、そのおかげで曲者たちは身構えることができたんだ」

「どういうことです？」

「さあな」

助け出された人質たちが、ぞろぞろ下りて来た。宴会の途中だった席のほうへ移されるらしい。

「番頭さんはいるかい」

と、竜之助は声をかけた。

「あたしが番頭です」

痩せて小柄な男が前に出てきた。

「ちっと訊きてえんだが、あるじは剣術を習っていたことがあったかい？」

「いいえ、ありません」

首を横に振った。

あのあるじは、がっちりした体型をしていた。

「あ、相撲か。昔、相撲取りだったとか」

「いや、あるじは食べ過ぎで肉付きはいいですが、身体を動かすのは大嫌いですよ」

「ふうん」

竜之助は首をかしげた。

第三章　惚(ぼ)けの徘徊

一

「三艘捕まえてきました。足りませんか？」

　若い同心が矢崎に駆け寄って来て訊(き)いた。上流のほうを見ると、猪牙舟(ちょきぶね)が三艘、こっちに向かって来ていた。ここらは流しの猪牙舟は少ないところだが、脅すようにして連れて来たのだろう。

「いや、いい。三艘あれば充分だ」

「船頭はどうします？　乗っているのは皆、あんまり若くないのですが」

「若くなくてもおいらたちが漕(こ)ぐよりは速いだろう。それより、突入隊のあいつらに早く乗るように言ってくれ」

まもなく、屋根から下りた十人が駆け寄ってきた。

「ほら、乗った、乗った」

三艘に三、四人ずつ乗せて、矢崎は最後に自分も乗り込んだ。

「あの舟を追え」

そう命じたときは、曲者(くせもの)たちの舟はもうだいぶ先に行っている。どうも江戸橋の先は、楓川のほうには曲がらず、まっすぐ進んだらしい。

矢崎がふとわきを見ると、戸山甲兵衛も乗っていた。

「なんであんたがこの舟に乗るんだよ」

戸山に文句を言った。

「あんたが乗り込んだんだろうが」

「ちっ」

矢崎は小さく舌打ちした。戸山がいると、どうもやりにくいのだ。

地上にいるときはそう感じなかったが、川風はさすがに冷たい。奉行所から急に飛び出してきたので、襟巻も忘れてしまった。

早いとこ片づけて、軍鶏鍋(しゃもなべ)で一杯やりたい。本当はフグ鍋といきたいが、このあいだ中毒騒ぎを起こしたばかりなので、しばらくは我慢すべきだろう。

「急げよ」

曲者たちの舟は二丁櫓で、船頭ではなく押し込んだうちの二人の武士が漕いでいる。だが、猪牙舟は速度の出る舟で、徐々に距離を詰めた。

向こうの舟の明かりは、後ろにいる男が持つ提灯だけである。人質たちのようすはほとんど見えない。こっちを見れば、皆、提灯を持っているため、かなり明るい。

「おい、こんな提灯をぶら下げていたって、どうせ向こうまでは明かりも届かねえし、向こうからこっちは丸見えだ。一つだけ点けて、あとは皆消せ」

と、矢崎は命じた。

矢崎三五郎は、三艘の舟のいちばん前の舟にいる。しかも、舟の舳先で仁王立ちしている。これは野次馬たちから見ても、いちばん目立つ場所だろう。じっさい、かなりの数の野次馬がこの舟の追走劇を見ようとあとを追って来ている。

ところが、戸山が並んでわきに立とうとする。

「なんだよ、あんたは後ろに行けよ」

「いいじゃねえか」

「あんたは吟味方だろうが」

「だからこそ、よく見ておかなくちゃならないんだ」

「三千両盗んだんだ。吟味もなにも、どうせ獄門に決まってるだろうが」

「捕方のそういういい加減な態度は、奉行所への信頼に関わってくるのだぜ」

戸山の口は減らない。

「まったくもう。指揮はぜったい取らさねえからな」

曲者たちの舟が大川に出た。

「たぶん海に逃げる気だろうな」

と、戸山が言った。

「海に逃げても無駄だろうが」

矢崎が鼻で笑った。

「人は追い詰められると、無駄なことばかりするようになるのさ」

「へえ。奉行所の中にばかりいるあんたに教えられるとは思わなかったよ」

てんこ盛りの皮肉といっしょに言った。

だが、戸山は皮肉などいっこうに解したようすもなく、

「賢いやつはどこでも学ぶが、馬鹿なやつはどこにいたって学ばない」

と、言った。

　こっちの舟が大川に出ようというとき、屋形船が入って来た。提灯をずらりと並べた派手な佇まいである。

「まったく、この糞寒いのに川遊びかよ」

と、矢崎は思わず毒づいた。

「おや。矢崎の旦那じゃありませんか？」

屋形船から声がかかった。顔見知りの幇間が乗っていた。

「しっ、しっ」

手で追い払うようにする。

「犬じゃないんだから勘弁してくださいよ。よっ、色男、日本一！」

矢崎が相手にするまいとそっぽを向くと、戸山がいかにも皮肉めいた口調で、

「いいなあ。友だちの多いやつは」

と、笑った。

　こっちの舟も大川に出て、鉄砲洲の手前で相手にだいぶ接近した。人質たちは皆、こっちに背を向けている。後ろを振り向くなと脅されているのかもしれない。

　さらに近づこうとすると、向こうの舟にいる曲者の一人が、

「それ以上、近づくと、こいつの命はないぞ」

と、刀を讃岐屋のあるじの首に突きつけた。

「ひぃい」

という悲鳴も聞こえた。

「追うな。もう少し離れるんだ」

矢崎は追跡の速度を落とさせた。

二

川西丹波は急いで蜂須賀家の下屋敷にもどって来ると、美羽姫の部屋に向かった。ほろ酔い加減など、すでに吹き飛んでしまっている。

姫の部屋は、二階の東南の角にある。このあたりには、ときどき犬や猫の糞が落ちているし、なんだか獣臭かったりして、本当ならあまり来たくないところである。

「姫」

障子戸のこちらから声をかけた。中に明かりが灯っている。

「なんじゃ」

間違いなく美羽姫の声である。

乱暴な口調だが、威張った感じはしない。誰に対しても友だちみたいに話すのだ。そんなところも、このおかしな姫が女中たちに人気がある所以（ゆえん）なのだろう。

「あれ、いらっしゃったのですか？」

川西は首をかしげて訊いた。

「なにを訳のわからぬことを」

「いま、日本橋の近くにいたのですが、姫そっくりの芸者を見かけましてな」

「芸者？」

「もしかしたらと思った次第です」

いくらあの姫が突飛な性格をしていても、まさか芸者の真似ごとまではしないだろう。だいいち、芸者のなんたるかすら知るはずがない。「芸は売るが、色は売らない」などというが、もちろんそれは建て前で、金のためにかんたんに転ぶ芸者は山ほどいるのだ。

「わかればよい」

「失礼いたしました」

川西は納得して下へ行こうとしたが、やはりお顔を一目見るのは家来として当然なことだろうと思い直した。

「姫。やはり、ちょっと開けさせていただいてよろしいですか？」

「駄目だ」

「どうしてです？」

「いま、裸だから」

「裸？」

「一糸まとわぬすっぽんぽん。見たら、一生恨むぞ」

姫は背丈こそ小柄だが、胸のあたりはふっくらとして、決して少女の身体ではない。

「で、ですが、お風邪を召しているのでは？」

「風邪？」

「そうおっしゃったのでは？」

「ああ、そうだ。風邪をひいているから裸でいるのだ。熱を下げるにはこれがいちばんらしいぞ」

また、怪しげな健康法を聞き齧（かじ）ってきたらしい。それはいまに始まったことでなく、いろんな薬草やら食べものに凝っては、女中たちもいっしょに試させられたりしている。

　裸だったらしょうがない。やはり、諦めてもどろうとすると、廊下の向こうから犬が二匹と猫が三匹、のそのそとこっちへやって来た。どれも美羽姫の飼っている犬猫で、甘やかされているから態度はいかにも生意気である。

「あれ？　外に犬や猫たちが出ていますぞ」

「いいの」

「でも、姫は寝るときには、かならず犬猫もいっしょに布団へ入れていたではありませんか？」

「……………」

　返事がない。なんとなくおろおろしている気配がある。

　──まさか……。

　声色のうまい贋者でも引っ張り込んだのか。だとしたら、さっき押し込みの現場にいた芸者は、やはり美羽姫だったということになる。

「この、やけに黒っぽい狆ですが、なんという名前でしたっけ？」

「犬の名前？　犬に名前などあるか、馬鹿」

　これはもう、ぜったい怪しい。

「姫さまは、飼っている生きものにはぜんぶ名前をつけておられるではありませんか？」

「……」

「ほら、この犬はたしか、『ぽ』がつきましたな？」

「ぽち、か？」

「ぽち？　ぽん太でしょう」

「あ、そうだ。ぽん太だった」

引っかかった。ぽん太ではないのだ。

「姫……いや、姫ではない。その犬は、ぽっぽちゃんでしょうよ。犬に鳩みたいな名前をつけちゃったとおっしゃってたではないですか！」

そう言って、川西はさっと障子戸を開けた。

「あ！」

「あら」

裸などではない。ちゃんと着物を着た見知らぬ娘がいた。

「誰だ、そなたは？」

「はい、申し訳ございません。わたしは土佐藩山内家の桜子(さくらこ)姫さまの女中でございます。あたしが美羽姫さまの声色が得意なので、しばらく影武者になってくれとお願いされたのです」

「桜子姫の……」

美羽姫の親友で、しょっちゅうつるんでは素っ頓狂なことをしている。その桜子姫の女中はすっかり美羽姫に成り切って、川西を馬鹿だの、いまは裸だのと、言いたい放題だったのだ。

「では、姫さまはどこに行かれた？」

川西は相当むっとしながら訊いた。

「なんでも知り合いに頼まれて、芸を見せるのだと」

「芸を！　やはりそうだったか」

川西丹波は頭を抱えた。

三

「あいつら、いったいどこに逃げるつもりなんだ？」

と、矢崎が唸るように言った。

いったん永代橋のわきから大川に出た舟だったが、大川を鉄砲洲のところまで来ると、ふいに向きを変え、八丁堀のほうへ入ったのである。

高橋をくぐって越前堀を進む。この左側がおなじみ町奉行所の与力や同心の役宅が並ぶところである。

矢崎の役宅も亀島橋のすぐ近くにある。女房や子どもを呼んで、いつもとは違う舟の上の雄姿を見せてやりたいと思った。

霊岸橋をくぐる。

「なんだよ。もどってんじゃねえか」

まさに舟はさっき来た水路をもどっている。

野次馬たちは、大川に出たあたりまでは追いかけてきたが、もう、いまはいない。途中、大名屋敷などで道が途切れるため、諦めざるを得ないのだ。

曲者たちの舟は、日本橋川に出て、江戸橋の手前を左に曲がった。ここは楓川と呼ばれる水路である。

海賊橋、新場橋、越中殿橋、松幡橋、そして弾正橋……。いずれも楓川を渡って、八丁堀の役宅に行くときに使う、与力同心たちにはおなじみの橋である。

矢崎はだいたい松幡橋を渡って、奉行所へ行き帰りしている。

「なんのつもりだよ」

矢崎だけではない。ほかの同心たちも首をかしげている。まさか自分の家のすぐそばで、こんな大捕物をするとは思わなかった。

一方、逃げる舟では——。

人質の女たち四人が、不安げに身を寄せ合っている。

「ねえ、寒くない？」

美羽姫は人質にされたお菊を気づかった。

「うん、すこし寒い」

「これ、着なさい」

と、羽織を脱いで着せかけた。

「でも、お姐(ねえ)さんが寒いよ」

「ううん。あたしは大丈夫よ。いくつ？」

「七つ」

「お腹は空いてない？」

「すこし空いてる」

「だったら、これ食べてなさい」

と、美羽姫はたもとからみかんを取り出した。

「さっきのお膳にあったものを、こんなこともあるかと思って持ってきたの。まだあるから気にしないでいいのよ」

周囲のお膳からももらってきたので、あと二つたもとに入っている。もっと腹の足しになるものにしたかったが、たもとに入れられるのはみかんだけだった。こっちはいざというときのために取っておいたほうがいい。

「嬉しい」

お菊は皮を剝き、それを捨てようとしたが、

「捨てないで。それはもらっとく」

また、たもとに入れた。

「おいしい」

やはり、おなかが空いていたのだろう。ぺろりと食べてしまった。それから、落ち着かないようすで、きょろきょろしていたが、

「あれ?」

と、首をかしげた。

「どうしたの、お菊ちゃん?」

美羽姫が訊いた。

「この人、讃岐屋のおじさんじゃないよ」

と、お菊がのぞき込むようにして言った。

「え？」

讃岐屋のお内儀は目を丸くした。

「うちの人じゃないって、じゃあ、誰なの、お菊ちゃん？」

「知らない人」

お菊がそう言うと、舟のいちばん前で讃岐屋に化けていた片平波右衛門は、ゆっくり後ろを振り向いた。

「ひっ」

と、お内儀が小さく悲鳴を上げた。わきにいたおけいという小女は、ただ目を丸くしている。

「生憎（あいにく）だったな」

片平は笑った。

ほかの三人の武士は、どうしていいかわからないというような顔をしている。

立岡たちは片平の意図がどうもよくわかっていないらしい。

「うちの人はどうしたの？」

「……」

「殺したのね」

「……」

「きっと、天罰が当たったのかもしれない。ひどい人だったから」

そう言って、声を上げて泣き出した。

「天罰かい」

讃岐屋に化けていた片平が笑いながら言った。

「金儲けばっかり。困っている人をどれだけ足蹴にしたことか」

「だったら、殺されても文句は言えぬか？」

「でも、押し込みの下手人に殺されるなんて」

お内儀はそう言って、ひとしきり声を上げて泣いた。

「あたしたちも殺されるんだ」

今度はおけいの泣き声も重なった。

美羽姫の胸にもたれるようにして、お菊も泣きはじめた。

「怖いよう」

「大丈夫よ」

一人だけ泣いていない美羽姫が、お菊をなぐさめた。

この愁嘆場を見下ろし、

「落ち着け。泣くな。あんたたちは無事に帰してやるから」

立岡練蔵がそう言った。

女たちの泣き声が一瞬小さくなったが、

「それはわからんさ」

と、片平が冷たい声で言った。

四

讃岐屋の押し込みの件では、竜之助にやるべきことはない。

「仕方ない。洗濯物の調べだ」

と、竜之助は文治とともに青物町へ向かった。とはいえ、調べはほとんど手づまりである。明日、町名主になにを言えばいいのか。

その途中、万町の〈灯り亭〉の前で足が止まった。

「なんてこった」

白兵衛がまた、屋根の上に乗っていた。

「白兵衛、どうした？」

竜之助が声をかけると、

「くぅう」

不安げな声を出し、じたばたするように身を左右に揺さぶった。

「おい、白兵衛が屋根に上がってるぜ」

竜之助は、中に声をかけた。

「え、なんですって？」

今度は女将らしい人が出て来て、

「まあ、白兵衛ったら。お前さん、ちょっと」

あるじを呼んだ。

「いったい、いつの間に上がるんだろう。あたしはずっとこの玄関や帳場や客室を行ったり来たりしてて、白兵衛はちょいちょい見ていたんですが」

すぐに若い板前が二階の窓から回り込んで、白兵衛を助けた。

元の場所にもどった白兵衛は、嬉しそうに尻尾(しっぽ)を振りながら、あるじの足にからみつくようにした。

「まったく、誰がこんなことを」

「ここはお客さんも出たり入ったりしているんでしょう？」

と、竜之助が訊いた。

「ええ。なじみのお客さまなどは、白兵衛に声をかけたりします」

「よほど手早くやらないとできることではありませんね」

「天狗ですかね」

あるじは不安そうに言った。

「天狗ねえ」

竜之助は苦笑した。

もっとも、天狗と言っても、あの赤ら顔で鼻が伸びた天狗をあのまま信じているわけではないのだろう。もっと漠然とした奇妙な力を想像しているのだ。

「ただの悪戯（いたずら）ということではないでしょう？」

「ううむ」

竜之助は首をかしげた。一度きりなら、そういうことも考えられる。犬が屋根に乗った。話題になるような、面白いできごとではある。

だが、二度もやるだろうか？

「誰かに恨まれているんでしょうか？」

あるじが不安そうに訊いた。

「いやあ」

竜之助は首を横に振った。恨みを晴らすつもりなら、もっとほかにいくらでもやりようがあるだろう。犬を屋根に乗せて、どんな恨みが晴れるというのか。

「しばらく繋いでおきましょうか？」

と、あるじが言った。

「そうですね」

竜之助はうなずいた。次の出方を見るのもいいだろう。

五

「おい。また、越前堀に入ったぜ」

矢崎は呆れた声で言った。

弾正橋をくぐった曲者たちの舟は、地名の由来になった八丁堀という掘割を大川のほうへ向かい、稲荷橋をくぐると左に折れ、高橋の下を抜けた。これでちょうど一回りしてきたのである。

まっすぐの距離にすると、途中、迂回するような恰好になるところもあるから、一里くらいだろうか。ここを四半刻（三十分）ほどかけて回ってきた。天気のいい昼間なら、ちょっとした物見遊山になるかもしれない。

ほかの水路に行こうと思えば、いくらでも行ける。快速で走って追っ手をまこうなどとは考えていないだろうが、どういうつもりなのか。

二度目の周航のときは、矢崎も黙っていた。

三度目に越前堀に入ると、

「なんのつもりだろう？」

と、同乗している仲間に意見を訊いた。

「仲間が来るはずなのが来ないいんじゃねえか」

戸山が言った。

「なるほど。ほかにも仲間がいるわけか」

「大船に乗ったのが三十人ほど現われて、おいらたちはたちまちめった斬りになるのかもしれねえぜ」

冗談とも本気ともつかない口調である。

「行く手をふさぐか？　上に声をかけ、舟を用意させよう」

と、同心の湯口が言った。

同じところを回っているなら、それはかんたんなことである。

「いや、それはしなくていいだろう」

矢崎は気が進まない。

「向こうも打つ手はねえのさ。とにかく自棄を起こさせないことさ」

「それがいいだろうな」

めずらしく戸山も賛成した。


同じところを回りはじめたのは、人質の女たちも気づいた。

「また、ここ」

美羽姫は目を瞠った。八丁堀の出口にかかる稲荷橋は、蜂須賀家の下屋敷のすぐそばである。美羽姫にもなじみがある。

三度目の周航に入ると、美羽姫は前にいた立岡練蔵に、

「もう、帰してよ」

と、文句を言った。

立岡は、それには答えず、

「片平、まだか？」

座っている片平波右衛門に訊いた。讃岐屋の贋者は片平というらしい。

「まだだ」

「疲れさせるのか？」

片平は首を横に振った。

後ろから立岡慎二郎が訊いた。

「それもあるがな」

片平はにやりと笑った。

男たちの話が熄んだので、

「逃げ切れるわけないわ」

美羽姫は片平を睨んで言った。

「それはどうかな」

「町方を舐めないほうがいいわよ。凄腕の同心がいる」

「凄腕の同心？　ずっと見てるけど、そんなやつは一人も見当たらないぜ。剣の腕もたいしたことないし、こっちの考えを先読みするようなやつもいねえ。ほら、馬鹿面して、後ろから追いかけてくるだけだろうよ」

片平はへらへらと笑った。

「まだ、駆けつけて来てないのよ。忙しい人だから。その人が来たら、あんたたちなんか皆、あっという間に真っ二つよ」

「あっはっは。そりゃあ、楽しみだ。だが、もうちょっとで岸に上がるから、間に合わないいんじゃないか」

片平の言葉に、

――舟を捨てる気なのね。

と、美羽姫は思った。だが、そのあと、どこに逃げるというのだろう。

六

竜之助と文治は青物町にいる。洗濯物が盗まれたとおぼしき刻限に、同じ場所にいると、その晩もここらを歩いたものと出くわすことができる。その者に話を訊くつもりだった。これは、調べの常套手段なのだ。

だが、なかなか手がかりは得られない。

そのうち、相当、足元が怪しくなった男がやって来た。

「いい気分のところをすまねえんだが」

と、竜之助が声をかけた。

「なんでえ、町方じゃねえか。おいらはなにも悪いことなんざしてねえよ」

「うむ。あんたを疑ってるわけじゃねえよ。三日前の晩、ここらで洗濯物がどっさり盗まれた事件を調べているのさ」

「あ、そう。そいつは、ご苦労さん」

「三日前のいまごろ、ここは通らなかったかい？」

「だから、おれはやってないっちゅうの」

「それはわかってるよ。なにか、見かけなかったかと訊いているのさ」

「洗濯物を？」

だいぶ酔ってはいるが、この手の男は素面（しらふ）のときもあまり変わりなかったりする。

「洗濯物を抱えていたりするやつだよ」

「ああ、泥棒を見かけなかったかってかい？」

「そう」

「なにか、とかいうから」

「泥棒だって、おれは泥棒だという顔して歩いていねえだろ」

「あ、そうか……おれ、水、飲みたい」

「水は家に帰ってから飲んでくんねえかな」

うんざりしてくるが、聞き込みというのはこういうじれったさに耐えなければならない。

「すぐそこだから」

「ああ、じゃあ、付き合うよ」

ふらふら歩く男のあとをついて行く。

「そういえば、ここで洗濯物持った婆さんとすれ違った」

男はそう言って、立ち止まった。

「いつのことだい？」

「たしか三日前の晩」

「間違いねえな？」

「だったと思う」

「それで、顔を知ってる婆さんかい？」

「いや、この町内の婆あじゃねえな」

「それが洗濯物を抱えて歩いていたのか？」

「ああ。こんなふうにどっさり持ってたぜ」

と、両手で抱えるようなしぐさをした。

たとえ三日前でなくても、よその町内の者が深夜に洗濯物を山ほど抱えていれば、それはぜったいに怪しい。

「いい話を聞いた。ありがとうよ」

男と別れ、竜之助と文治は青物町の通りから、本材木町の通りのほうへ出た。下の楓川を舟が過ぎていく音が聞こえてきた。

「あれ、なんだよ。まだ、ここらで追いかけごっこをしてるのか？」

竜之助は川のそばに寄り、下を見た。ちょうど曲者たちの舟がやって来るところだった。美羽姫が乗っているのも見えた。その前には、手ぬぐいで顔を隠すようにした讃岐屋もいる。

——あいつか……。

美羽姫に見つかるとまずいので、竜之助は文治の提灯を遠ざけ、水辺の並木の下から一尺ほどの枯れ枝を拾った。

これを讃岐屋めがけて投げつけた。

讃岐屋は飛んでくる枝を気配で察知し、身をそらしてかわした。

「誰だ！」

そう言ったのは、讃岐屋ではなく、先頭に立っていた武士である。

竜之助は木の陰に身を隠し、この舟をやり過ごした。

文治もわけがわからないまま身を低くしたが、

「福川さま。どうなすったんです？」

「いや、思ったとおりだよ」

曲者の舟から二十間ほどあとを、町方の舟が三艘やって来た。

竜之助は河岸になっている段々を下りて川岸に立ち、

「矢崎さん！」

と、呼んだ。

「なんだ、福川。ちゃんと調べは進めているのか？」

「ええ、まあ、なんとか。それより、ちょっと報せたいことが」

「なんだよ」

不満げな顔をしながらも、舟を寄せるよう船頭に命じた。

「なんだ、報せたいことってのは？」

「讃岐屋は贋者ですよ」

と、竜之助は言った。

「贋者？」

「店で用心棒の恰好で顔をつぶされていたのが讃岐屋です」

「じゃあ、あいつは誰なんだ？」

「用心棒です。押し込みの連中と、用心棒はつるんでいたんですよ」

「そりゃあ面白い想像だが、決めつけるわけにはいかねえな」

「それはまあ、そうですが」

「いちおう頭には入れておく。じゃあな」

矢崎はそう言って、すこし遅れた分を取り戻させるらしかった。


「まずいぜ、文治」

矢崎の舟を見送ってから、竜之助は言った。

「どうしたので？」

「用心棒は死んだことにして、あいつらはそのまま行方をくらます気だ」

「なるほど」

「だが、あの舟に乗っている人質は、どうしたって贋者だと気がつくだろう」

「つまり、人質を生きて帰す気なんかまったくないってわけさ」

「でしょうね」

「なんですって」

ただ、不思議なのは、人質になっていた小さな娘が、「悪い人ではない」と言っていた。ああいう女の子の勘は馬鹿にできない。だとしたら、皆殺しなどはするわけがない。

——おそらく思惑が分かれているのだ。

もしかしたら、この押し込みにはまだ奥があるのかもしれなかった。

七

「やっぱりどうしていいかわからねえのさ」

うんざりしたように戸山甲兵衛が言った。

「だろうな」

矢崎はうなずいた。

だが、それはこっちも同じことだった。

舟はまだ、ぐるぐる同じところを回っている。ゆっくりした速度である。四半刻よりもっとかかっているかもしれない。まるで惚け老人が、町をうろつくみたいに。

時刻も夜半を過ぎ、いまは丑三つくらいになったかもしれない。

「どこかで岸に上がるつもりだった。だが、ちょうどいいところはない。しかも、岸からだって、うちの連中がぞろぞろついてきている」

と、戸山は岸を指差した。

矢崎たちの舟よりすこしあとを、斎藤がひきいる十四、五人がついて来ている。

「なまじ、岸に上がって暴れられるより、このほうがいい」

矢崎が言った。

「ただ、船頭はかなり疲れてきてるぜ」

「そうだな」

年寄りの船頭である。いくら舟を漕ぐのが仕事とはいえ、もう二刻半（五時間）ほど漕ぎっぱなしである。

「代わらせよう」

岸辺を追って来ている者に声をかけた。

「代わりの船頭を用意してくれ」

「わかりました」

「ただ、岸につけたりしてると遅れてしまう。舟に乗せて並びかけてくれ」

「なるほど」

岸の同心は感心したらしい。

「咄嗟のときでもこうした案が浮かばないと駄目なのさ」

そう言って矢崎は戸山を見た。

戸山はしらばくれている。


ちらほらと野次馬が現われる。最初からの野次馬たちは、もうほとんどいない。疲れ果ててしまったのだ。いま出て来ているのは、夜釣りでもしていた連中だろう。

亀島橋のわきを通ったとき、

「てめえら、侍のくせに、ちっちぇい娘ッ子まで人質に取りやがって、恥ずかしくねえのかよ」

野次馬の一人が怒鳴った。

「そうだ、そうだ」

「この糞サンピン」

　周囲の男たちは笑った。

　すると、舟の上からなにかが飛んで来た。

「ぎゃあ」

　悲鳴が上がった。

　笑っていた町人の一人の額に、小柄が突き刺さっていた。

「野次馬ども。気をつけろよ。見物するなら、覚悟することだ」

　片平が怒鳴った。舟の前方は暗いので、町人姿の片平が言ったとは思われなかっただろう。

　野次馬たちはこの言葉に、皆、慌てて顔を引っ込め、町方も急遽、野次馬たちに危機を告げてまわった。

八

　もう一度、予想外のことが起きた。

　蜂須賀家の用人である川西丹波が、家来を連れて美羽姫奪還にやって来ていたのだ。

贋者に気づいた川西は、それからいろいろと思案した。

あのとき、徳川竜之助も現場にいた。それでも手出しできずにいたということは、いまさら竜之助に頼んでも無駄ということである。

しかも、その後のようすをいろいろ手を回して訊いてみると、美羽姫が乗せられた舟は、このあたりをぐるぐる周回しているらしい。

「どうだ、姫にお怪我のないよう助けることができると思うか？」

川西は、屋敷でも腕の立つことで知られる若手の家来に訊いた。

「できます」

「どうやって？」

「姫にお手出しする暇もないうちに、いっきに舟を並びかけ、三人の武士を斬ってしまえばいいのです」

「できるか？」

「ここにいるのは、当藩の免許皆伝の者ばかりですぞ」

と、同僚の二人とうなずき合った。

「だが、向こうの連中も腕が立つかもしれぬではないか」

「川西さま。腕の立つ武士が、押し込みなどというくだらぬ真似をしますか？」

「それもそうだな」

と、この作戦を許可したのである。

立岡父子も小沢丈助も、京橋(きょうばし)川に架かる白魚(しらうお)橋のほうからいっきに八丁堀に入って、この舟に並びかけようとする舟の存在に気づいた。

「町方か？」

小沢が訊いた。

「違うようだな」

立岡練蔵が答えた。

「誰かを助けようとしているのだろう」

慎二郎が人質の女たちを見た。

「斬るな。峰打ちでよい」

と、立岡練蔵が言った。

「甘いな」

片平はそう言ったが、練蔵たちは無視して峰を返した。

「姫！　助けに参りましたぞ」

という声とともに、舟は横に並んだ。

武士が三人、こっちを向いて、剣を構えている。

「とあっ」

「きぇい」

「たぁ」

それぞれ掛け声がした。

だが、立岡たちのほうが強かった。

川西の舟の三人は皆、肩やあばらを砕かれて、舟の底に倒れ込んだ。

「あっはっは。他愛もなかったな」

たちまち離れていく舟を見ながら、立岡練蔵は笑った。

舟はまた、越前堀に入り、日本橋川のほうへ向かう。さっきの襲撃で、計画にはなに一つ齟齬はきたさなかったらしい。

しばらくして、

「さっき、あの舟にいた男が、この芸者を見ながら姫と呼んだよな？」

と、片平が言いながら、じろじろと美羽姫を見た。

「ふん」

美羽姫はそっぽを向いた。

「面白いな。この女、芸者というのは偽りらしいぞ」

「偽りなんかじゃないわ。まだ新米だけど」

「新米芸者だと」

そう言いながら、片平はますます美羽姫を凝視する。

「あんまり見ないで。気持ち悪いから」

「だが、よく見ると、芸者にしちゃ品が良すぎるんだよな」

「馬鹿みたい。あたしの名前は姫奴というの」

「姫奴？」

「あの爺いに惚れられて弱ってるのよ」

「なるほど」

「あんなことすれば、あたしがなびくとでも思ったんじゃないの」

美羽姫は蓮っ葉な口調で言った。

「芸者なら唄はできるよな」

「当たり前でしょ」

三味線を抱き寄せた。なんなら武器にして振り回そうかと、ここにも持ち込んでいた。

「では、小粋な唄を聞かせてもらいたいな」

「かまいませんよ」

三味線を膝に載せ、調子を合わせた。二上がりの明るい調子。

〽山のみかんは　あたしの気持ち
色あでやかに　ふくらみました
小さな思いに　気づいたら
ついておいでよ　ゆるゆると

舟はちょうど日本橋川から楓川に入ったあたり。両岸に音が反響しながら、静かな夜の中になんとも小粋な唄が溶けていく。

「いい喉ではないか」

片平波右衛門が酔ったような笑みを浮かべて言った。

「どうも」

「ほとぼりが冷めたころ、座敷に呼んでやろう」

「それはお断わりいたします」

美羽姫がそう言うと、片平は憎々しげに、

「わしは断わられると、ますます呼びたくなるんだ」

と、言った。

九

「あれ？　あの声は？」

竜之助は耳を澄ました。

堀のほうから聞こえた唄声である。

「またもどって来たみたいだな」

「福川の旦那。行ってみましょう」

「そうだな」

二人で堀端まで走った。

ちょうど曲者の舟が通り過ぎるところだった。やはり美羽姫の声だった。

「あら、同心さま」

置き屋の女たちも出て来ていた。

「なんでえ、まだ起きてたのかい？」

「なんか、あたしらも責任感じて、眠れないでいたんですよ」

と、女将が言った。困った連中だが、こういうところは情が深いらしい。

「どうだい、あの女の唄は？」

「うまいもんですよ、素人さんなのに」

「へえ」

「ただ、ちょっと変なところが」

「なんだい？」

「いえね。節回しは〈しののめ小唄〉なのに、文句はまるで違うんですよ」

置き屋の女将は首をかしげた。

「自分でつくったのかな」

「だと思いますよ。ほかじゃ聞いたことないし」

竜之助は、もしかしたら美羽姫はなにか伝えようとしているのか、と思った。

美羽姫は突飛で素っ頓狂だが、根はかなり賢い娘である。

竜之助は同心だというのを見咎(みとが)められないように、顔を隠し、

「いい喉！　もう一回聞かせてくれ！」

と、怒鳴った。

美羽姫も竜之助の声だとわかってくれたのだろうか。

〽山のみかんは　あたしの気持ち
色あでやかに　ふくらみました
小さな思いに　気づいたら
ついておいでよ　ゆるゆると

もう一度、唄ってくれた。

今度は文句がはっきり聞こえるように、節回しより言葉を優先して声を出していた。

間違いない。美羽姫は、この唄でなにか言いたいことを伝えようとしたのだ。

――なんだろう？

竜之助はこれで頭の回転がよくなるとでもいうように、指先で十手をくるくると回しはじめていた。

十

ここを通るのはこれで六回目だったか、七回目だったか。

矢崎もよくわからなくなってきた。

皆、気合いの入らない眼差しで、前方の舟の明かりを追っていた。

この先の稲荷橋をくぐると、あの舟は左に折れ、越前堀へと入って行く。その航跡もおなじみのものとなっていた。

左手の岸のほうを見ると、すこし遅れて与力の斎藤と同心や小者十四、五人が、疲れた足取りでついて来ている。あの連中もうんざりしているに違いないが、しかし、なにか起きたときのために、ついて来ざるを得ないのだ。

——ん？

矢崎の身体がすこし緊張した。

前の舟の動きがなにか違う。じいっと見た。

「速くなってるぞ！」

振り向いて船頭に言った。

いつの間にか後ろのほうに下がり、膝を抱いて寝ていたらしい戸山が、飛び起きて矢崎の隣に来た。

「ほんとだ、速くなってる」

前の舟は、いままでとはまるで違う速度で稲荷橋の下へ滑り込んで行く。そして、左側へ。速度は違うが、進路は同じだった。

こっちの舟も、稲荷橋の下をくぐり、前の舟のあとを追った。

異変はそこで起こった。

前の舟の後ろの明かりが、
ふぅうっ。

という感じで消えた。

「おや」

と、矢崎が目を凝らすと、その明かりを尻のほうに置いていた舟全体もまた、
ふぁあっ。

そんなふうに消えた。それまで、矢崎の目は間違いなく前方の舟を追っていたのである。だが、まさに突然消えたのである。

「そんな馬鹿な」

矢崎が怒鳴った。

「消えたな」

戸山がぼんやりした声で言った。

「おめえが寝てるから、こんなことになるんだ」

矢崎が戸山に怒ったように言った。

「なんで、あんたにそんなきついことを言われなくちゃならないんだよ」

戸山も言い返した。

「消えたんだぞ」

「見たよ、おれだって。でも、どこかその先にふいっと、隠れたんだよ」

「隠れた？」

矢崎は八丁堀と越前堀が出会うあたりに舟を止め、前後左右を見回した。下流のほうは、大川に合流するところまで二町ほどあるが、ここは扇形になっているのでよく見渡せる。逃げて行く舟など一艘もないし、着岸しているのも漁師の小舟のようなものばかりである。

越前堀のほうもよく見えている。まっすぐつづいていて、二町先で右に折れるが、そのあたりまで走っている舟はない。着岸している舟にも、人けはまるでない。

八丁堀のほうは、自分たちがそこを通って追いかけてきたのだから、いるわけがない。じっさい、振り返ってみても、舟はない。

「どこに隠れるんだよ？」

矢崎は怒って訊いた。

「いや、それは……だが、消えるなんてことがあるか？」

戸山も矢崎の剣幕に押され、やや遠慮がちに訊いた。

「消えたんだ、あれは」

矢崎は、曲者の舟が稲荷橋をくぐるのははっきり見たのである。それから橋の向こう側までは行ったのである。ところが、そこを左に折れようというあたりで、まさに忽然（こつぜん）と消えたのだ。

「いや、ほんとだ。疑うようなことを言ってすまなかった。わしもたしかに見た。あれは突然、この世から消えてしまった。もう、影もかたちもない」

戸山は、今度はやけに大げさに、舟が消えてしまったことに驚いてみせた。

舟が消えるのは竜之助もこの目で見た。

海賊橋のあたりで美羽姫の唄を聞き、それから文句の意味を考えながら、舟を追いかけて来た。ただ、矢崎に見つかると叱られそうなので、町方が十何人いる岸とは反対側を、すこし遅れながら走って来た。

八丁堀の中ノ橋あたりで、急に速度が増したのはわかった。

竜之助もすぐに足を速めた。

曲者の舟は稲荷橋をくぐった。上を走っているので、橋の陰になり、当然、舟も見えなくなる。橋をくぐり抜けたのも見えた。

舟は越前堀と八丁堀が混ざり合うところに出て、越前堀のほうへ曲がったのだが、その途中でふいに消えた。

——え？

見たものが信じられない。

稲荷橋の上に立ち、周囲を見た。

やがて、下の舟のほうからも声が聞こえてきた。

「消えたぞ」

「そんな馬鹿な」

「おれたちも惚けたのかもしれない」

などと言い合っている。矢崎の怒ったような声もする。

竜之助は場所を変えた。鉄砲洲稲荷の境内を抜け、湊河岸(みなと)のほうにまわった。ここで大川から石川島(いしかわ)のほうまで見た。

月明かりは乏しいが、天気はいいのでどうにか見渡せる。竜之助は夜目も利く。怪しい舟はなかった。

急いで引き返し、高橋の上でもう一度、川面全体を見た。やはり、いない。稲荷橋のたもとで夜釣りをしていたらしい年寄りが、びっくりして川の騒ぎを眺めている。

「ここを女が大勢乗った舟が来ただろう？」

「ええ」

「どっちに行ったか見てなかったかい？」

「それが、そのあたりまで来たかと思ったら……」

と、高橋の下あたりを指差し、

「急に見えなくなったんです」

「見えなくなった？」

「明かりもついていたんですが、かき消えるみたいに。橋の陰に入ってわからなくなったのかと思いましたが、多少、暗くなっても、ぼんやり影だの、提灯の明かりだのは見えますでしょう」

「見えるよな」

「それがいっさい見えなくなったんです」

年寄りはいっしょに来ていたらしい女房にも、

「おい、おらたちは化け物を見たみたいだ。早いところ釣りなんかやめて寝ちまおうぜ」

そう言って、立ち去って行った。

「なんてことだ……」

竜之助も、これには仰天し、しばらく水面を見ながら立ち尽くしていた。

第四章　髪の毛はどこに

一

夜風が強く吹いている。

落ち葉が舞い、家々の生垣は吹き過ぎる風を、下手糞な笛の音に模していた。秋の風ではない。もう充分に、情け容赦のない冬の風である。

その風の中を、四人の武士と二人の若い女が歩いていた。武士は立岡練蔵、慎二郎の父子に小沢丈助と片平波右衛門。片平はさっきまで讃岐屋のあるじに化けていたが、いまは袴をつけ、武士のなりにもどっていた。女は美羽姫とおけいだった。

「八丁堀を抜けて行くのか」

練蔵が訊いた。

「ああ、むしろ、そのほうが変に疑われたりしないのさ」

と、片平は言った。

「それにしても……」

立岡練蔵は道の両側を睨むように見た。

町人地がまったくないわけではないが、ほとんどが町奉行所の与力同心たちの役宅になっている。

低い生垣に小さな門。小役人造りとでも呼びたくなるくらい、よく似た家々である。なかには土地の一部に家を建て、貸家にしているところもあるが、いま一行が進む道は裏道ということもあり、まさしく与力同心の牙城ともいうべき佇まいだった。

「敵の真ん中を突っ切る。これくらい大胆不敵でないと、悪事などは成功しないのさ」

片平は嬉しそうに言った。

本来なら、金を手に入れたところで解散するはずだった。だが、奉行所に追われた。

片平はそこまで見越していたらしく、舟を消すことでまんまと逃げおおせた。

いったん片平の長屋に寄り、

「ここで解散したかったが、こうなったら最後の隠れ家に行き、追っ手を完全に欺いたと安心できたところで解散だ。金の使い方なども打ち合わせしたいしな」

そう言ったのだった。

金は四等分し、それぞれ七百五十両ずつを腹巻に納めてある。

「なあ、小沢」

歩きながら、立岡練蔵は小声で小沢丈助を呼んだ。

「なんだ?」

「あいつ、本当はどういうつもりだと思う?」

「よくわからぬな」

「一人占めを目論んでいるのさ」

と、練蔵は言った。

「一人占め?　わしら三人を相手にしてか?」

「だが、島田為二郎を一太刀で斬ったくらいだから、あやつ、相当遣うぞ。当人はやれると思っているのだろうな」

「なんてやつだ……」

小沢は呆(あき)れた顔をし、

「それなら、先にこっちがあいつを始末すべきだろう」

と、言った。

「うむ。わしもそれを考えていた」

「なんてこった。当初、思っていたのとはまったく違う事態になってきたな」

「まったくだ」

「だが、練蔵よ、そういうものだよな」

「人生ってやつはな」

立岡練蔵はうなずいた。

本当に、これまで人生で思ったようになったことなどあっただろうか。いまの自分と暮らし。若いときに想像し、夢見た人生というのは、こんなものではなかった……。

二

やよいは夜半をとうに過ぎても、まだ眠らずにいた。

竜之助が夜、遅くなるのは珍しくない。そのとき、まったく連絡がないこともある。

だから、それほど心配しているわけではない。

このあたりでなにか騒ぎが起きたのは間違いなかった。竜之助もそれで飛び出して行ったのだ。そのあとしばらくして、すぐ前の越前堀を奉行所の人たちが乗った舟が、ずっとぐるぐる回っていた。女も何人か乗った舟を追いかけているらしかった。

ただ、竜之助の姿は見えなかった。

——たぶん、洗濯物泥棒などというくだらない仕事のほうに回され、一生懸命それを解決しようとしているのだ。

直接の上司である矢崎三五郎は、決して悪い人ではないが、竜之助を半人前扱いしすぎるところがある。

——ん？

ふと家の前を何人かの一団が歩いて行く気配がした。

ふつうの者なら気がつかない。だが、やよいは特別な訓練をほどこされた女武芸者である。

立ち上がって、窓の障子をかすかに開けた。

男が四人、女が二人。その女の片割れを見て、やよいは目を丸くした。

──あれは、美羽姫さまではないか。

芸者の恰好をしていた。もちろん本物の芸者のわけがない。だいぶ素っ頓狂な姫さまだが、いくらなんでも芸者にはならないだろう。だが、なぜ芸者に扮しているのか。

もう一人の娘の足取りはひどく怯えていた。

この二人は、さっき逃げる舟にも乗っていたかもしれない。

──もしかしたら、すこしあとを竜之助が追いかけて来るのではないか。

すこし待ってみる。

だが、そんなようすもない。気配は吹き過ぎる風だけである。

やよいはすばやく身支度し、武器を持った。懐剣と手裏剣。これだけあればそこらの武士には負ける気がしない。

外に出ると風が冷たかった。

襟巻を口元まで上げると、やよいはそっと一行のあとをつけ始めた。

三

霊岸島を抜け、永代橋を渡った。

ここは橋番に見咎められないよう、片平と美羽姫、立岡慎二郎とおけい、立岡練蔵と小沢丈助がすこしずつ離れ、他人同士のようにして渡った。

美羽姫は焦っていた。みかんの皮が乏しくなってきたのだ。だんだん小さくなり、これ以上小さくしたらなかなか見つけられなくなってしまう。

——最初のうち、撒きすぎてしまった……。

と、後悔した。だが、まさかこんな遠くまで来るとは思ってなかったのだ。これでは町方の連中も完全に裏をかかれているだろう。

もしかしたら、みかんの皮にさえ気づいていないかもしれない。

——町方は駄目でも、竜之助さまはなにをしているのだろう。

川西丹波は、屋敷の武士たちとともに突進してきたが、あえなく返り討ちに会っていた。気持ちは嬉しいが、策もなにもなさすぎた。情けないが、川西にあれ以上のことは期待できないだろう。

深川に入って、おけいが心細くなってきたらしい。歩きながら、しくしく泣き始めていた。

「どこへ連れて行かれるんですか?」

おけいはすがるように、いちばん若い武士――慎二郎に訊いた。

「うむ……」

慎二郎だってよく知らないらしい。おそらく、あの片平という男に主導権を握られているのだ。

「もう、いやっ」

おけいがいきなり逃げようとした。

片平がすばやく刀を抜いた。

美羽姫は全身が凍りついた。

――斬られる。

と、思ったとき、わきにいた小沢と立岡慎二郎も刀を抜いて片平と向かい合い、立岡練蔵が逃げようとするおけいをなだめるようになにか言った。

「女を斬るのは許さぬ」

と、慎二郎が言った。

「では、あんたたちはこの女どもをどうするつもりなんだ?」

片平が笑って訊いた。

「どうするだと？」

「顔も名前も知られたんだぜ」

「ううっ」

慎二郎は答えられない。それはそうだろう。もうこの男たちがしなければならないことは明らかなのだ。

口封じ。このままだと、女は皆、殺されることになる。でなければ、ずっとこの男たちといっしょにいることになるだろう。

――そんなことはぜったい嫌……。

美羽姫も逃げたい気持ちは山々である。

「こんなところで斬り合ってたら、騒ぎ出されるぜ。それでもやるのか。あんたたち、金が欲しくてこんなことしたんじゃねえのか。すべて水の泡になるぜ」

片平が早口で言った。

「ううっ」

慎二郎たちも返す言葉はない。

そんなようすを見ながら、美羽姫はおけいのそばに寄り、

「我慢しよう。ぜったい助けが来るからね」

ただ、そうは言ったが不安だった。

みかんの皮はかけらをもうあと、三、四個分つくれるくらいしか残っていない。

「さあ、行くぜ」

片平は顎をしゃくった。

一行は静かに、深川の闇の中へと消えて行った。

四

川面から岸から、夥しいほどの御用提灯の明かりが揺れている。じっさいは何も言ってはいないのだが、「御用、御用」という声が聞こえる気がするほどである。

すこしでも明るくして、いなくなった舟を見つけようというのだ。

「舟もかき集めろ。こうなると三艘じゃ足りねえくらいだ。人手も借り出してくれてかまわねえぜ」

矢崎が岸辺のほうにいる同僚にも大声で言った。

だが、この提灯の多さときたら、大探索と「大」をつけたいくらい見事なもので、これで見つかればさすが奉行所だとなるのだろうが、見つからなかったら間抜けな空騒ぎといった落書が出回るに違いない。

「ほんとに消えたのか、矢崎？」

岸辺から与力の斎藤が訊いてきた。

「消えました。消えるところもこの目で見ました」

「そんな馬鹿な」

斎藤は絶句した。

ぽちぽち集まり出した野次馬がこのやりとりを聞くと、

「天狗のしわざみたいだ」

「天狗が出た」

「上を飛んでいた」

「こんなでっかい天狗だった」

などと大げさな噂にふくらんでいった。

やがて、係留されている舟を捜すうちに、ほかの舟から、

「舟の名前はなんだった？」

という話が出てきた。

「そういえば、何か書いてあったよな」

「何て書いてあったっけ？」

誰も思い出せない。

「矢崎、見ただろう？」

隣の舟の同心がそう訊いてきたが、

「おれは、真後ろから追っていたんだぜ。横の文字など読めるわけねえだろうが。それより、岸から追いかけていた連中に訊け」

矢崎は怒鳴り返した。

だが、岸にいた連中からは、

「暗くて見えなかった」

という返事が相次いだ。

すると、矢崎の背中で、

「まったく、どいつもこいつも」

と声がした。振り向くと、戸山甲兵衛が得意げな笑みを浮かべている。

「なんだよ、お前、知ってるみたいな口ぶりじゃねえか」

「当たり前だろう。おれは、舟が曲がるときの一瞬に目を凝らしていたんだ」

「おめえにそんなことができるのか？」

「ああ。書いてあったのは漢字二文字に平仮名が三文字。ただし、前のほうの漢字二文字はちっこすぎて読めなかった。だが、後ろの平仮名は読めたぜ。いいか。だ・る・まって書いてあったのさ」

「ほんとだな」

「信じないならいいさ。だが、違うと言いたくても、誰一人見ちゃいねえんだろうが」

たしかにその通りだった。

「おーい、名前は、だるまだそうだ。舟の横っ腹を見てくれ！」

矢崎の大声が川面に響いた。

だが、だるまの字の舟は、いくら捜しても見つからなかったのである。

五

皆は越前堀から大川のほうを捜していたが、竜之助だけは逆に八丁堀の上流のほうを見て回っていた。

「福川さま。こっちを捜すってのは、一回りしてきたってことですか？」

文治が不思議そうに訊いた。

「いや、そうじゃねえ。あのとき、もどったかもしれねえだろ」

「もどったですって？」

文治も竜之助を追って来ていて、一町ほど先だがなんとなく前の舟がいなくなったのは目撃していた。

「でも、皆、こっちから向かって行ったじゃありませんか。もどって来たら、いくらなんでもわかりますよ。舟同士がぶつかったりしますし」

「たしかにそう思うよな。でも、その舟」

と、竜之助は並んで係留されているうちの一艘を指差した。

「これがどうかしたので？」

「なんとなく、あいつらが乗っていた舟に似ている気がするんだよ」

「これが？」

「そう。猪牙舟（ちょきぶね）より一回り大きくて、屋形とかはついちゃいねえ。後部は横に長くて、二丁櫓にもできるだろう」

と、竜之助は係留されている舟に乗り込んで言った。

「だが、旦那、あの舟にはなにか字が書いてありましたぜ」

「ああ、船宿だるまって書いてあったよ」

暗かったが、そこは目を凝らして見た。

「これにはなにも書いてありませんぜ」

「まあな。だが、そんなものは板に書いて横に貼りつけておいただけかもしれないだろ？」

「ははあ」

「乗り捨てるときは、すこしでも見つけられるのを遅くしたいから、外して捨ててしまったりするよ」

「なるほど」

「だいいち、なにも書いてない舟ってのは怪しいだろ」

「たしかに、ふつうは舟の名前だの、店の名前を書きますよね」

文治はうなずいた。

竜之助は舟の横っ腹あたりを手のひらで撫でた。

「ほら、ここんとこだよ。たぶん、かんなで削って、名前のところを消したんだ」

「ほんとですね」

「舟は前もって用意されていたんだな」

竜之助はそう言って、腕組みした。

もう一度、舟が消えたときのことを思い出してみる。

橋をくぐったのは間違いない。それはよく見えていた。

提灯の明かりも向こうに行き、曲がりかけたあたりでふうっと消えた。

あれは、舟ではなく、提灯の明かりだけだったのかもしれない。

——え？

竜之助は、自分の着想に驚いた。明かりだけが行くなんてことができるのだろうか。

あそこに夜釣りをしていた夫婦者がいた。爺さんのほうは釣り竿を持っていた。その釣り糸の先に、舟の提灯をすばやく取り付けたとする。

釣竿を回すようにしてあのあたりをぐるりと移動し、曲がり角あたりで提灯をすばやく水に漬ける。

明かりは消え、さながら舟はそこで消えたように見える……。

「おい、ちょっと手伝ってくれないか？」

と、文治を呼んだ。

「なんでしょう？」

「もしかしたら、ここをくぐったときには、舟はもう明かりだけになっていたかもしれないのさ」

そう言って、竜之助は提灯を使い、文治にいま、考えたことを説明した。

「なるほど」

「舟は橋の下で消えたんだ」

「どうやって？」

「それはこれから考えるさ。でも、これは、矢崎さんにも教えておいたほうがいいよな」

「ええ」

周囲を見回すと、ちょうど矢崎は舟を着けて、誰かと話をしていた。

「あそこだ」

と、そっちへ向かった。

ところが、近づくにつれ、その話が聞こえてきた。

「そんなことだったのかい」

「まったく魂消た事態でさあ」

「じゃあ、こうなってしまうと、うちの町内の洗濯物のことなどはどうでもいいことにされちまうわな」

青物町の町名主だった。口調には、いくらか厭味が混じっている。

「いや、そんなことはありませんよ。いま、うちの同心がこの忙しいときも調べに走り回っていますので」

と、矢崎が言った。

竜之助は足を止めた。

「なあ、文治」

「ええ」

「あとにしたほうがよさそうだな」

「そうみたいですね」

竜之助と文治はそっとその場から離れた。

六

「なあ、小沢。あいつの筋書きが読めたぞ」

立岡練蔵が歩きながら小声で言った。

深川に入ると、海に近いほうの道を行き、いまは洲崎神社があるあたりに来ていた。

ここらは浜のほうへ下りると、すすきだの葭だのが生い茂る湿地帯のようになっている。

その湿地帯へ向かっているらしい。

「筋書き？」

「ああ。あいつはすべて用意していた。五人で押し込みをし、成功させて金を山分けなんてことはまったく考えていなかった。島田を斬り、手代を一人逃がし、町方を集めるのも計画どおりだった」

「なんだと」

「あいつはあるじに化け、人質とともに舟に乗り、ぐるぐる回って舟を消す。そのあたりは予定どおりだ。ただ、あの小娘に正体を見破られたのと、連れてきた若い娘、とくに芸者に色気を出したのは予定外だったのだろう」

「下衆な野郎だ」

「本当なら人質もあの片平の家で皆、始末するはずだった」

「ああ、そうかもしれぬ」

「それから、われらとやるつもりだ」

「勝てると思ってるのかな」

「そのつもりだろう。あの男、恐ろしいくらいに遣うぞ」

「確かに」

「さすがにこの三人と斬り合うとなれば、長いことかかったり、人に見られたりする。人けのないところまで行き、そこで決着をつけるつもりなのだ」

「なんてやつだ」

「これが成功したとする。押し込みをしたらしい男三人と、人質たちの遺体、さらにあの長屋にいた老夫婦も当然、殺される。そして、讃岐屋のおやじだけが行方がわからずじまいとなって、あやつ一人はまんまと三千両を手にするというわけさ」

「そんなものは皮算用だ」

小沢丈助は吐き捨てるように言った。だが、すでに鍔(つば)と鞘(さや)を結んだことよりは切り、いつでも抜けるようにはしてある。

立岡練蔵は、片平に声をかけた。

「なあ、片平。もう解散すべきだろう」

「いや、まだだ。追っ手がおらぬか、完全にそれを見極めてからだ」

「ああ、そうか」

納得したふりをした。

ただ、それはじっさいありうるかもしれないのだ。

さっきちらりと後ろを見たときに、一瞬、人の気配を感じたのである。

夜が明け始めたころ――。

一行は洲崎の浜にある掘っ立て小屋に着いた。

七

夜が明けてきたころ――。

矢崎三五郎は、稲荷橋の上に寝転んで、顔を突き出し、橋の下のほうをのぞき込んでいる男を見た。

なんと、福川竜之助ではないか。

――あいつ、なにをしているのか。

矢崎はずっと眠らずに消えた舟を探索している。

「もしかしたら沈んだのではないか？」

などと戸山が言い出したため、水の底まで竿で探ったりもしている。そう言った戸山は、さっきから舟の底でいびきをかいている。

矢崎だってさすがに疲れてきた。

ここは誰かに交代してもらい、すぐ近くの役宅にもどり、ほんの半刻（一時間）でいいから仮眠でも取ってきたい。

だが、いったん現場の指揮を任された以上、そういうわけにはいかない。たとえ死んでも、ここから離れるわけにはいかないのだ。

そんな気分で福川竜之助のすることを見ていたら、だんだん腹が立ってきた。

「おい、福川」

「あ、矢崎さん」

「お前、なにやってるんだ？」

「ああ、橋の下をのぞき込んでいるんですよ」

屈託ない顔で笑った。

まったくこの男は憎めないというか、しかもこいつを怒ると自分という人間がひどく卑小(ひしょう)な性格に思えてしまうところがある。

「楽しそうだな？」

「いや、別に楽しくはないのですが」

「ところで、例の洗濯物の調べはどうなった？」

「ええ。いま、やっているところでして」

「いま、やってる？」

「あ、ほら。これ」

竜之助は手を伸ばし、なにやら布切れを取った。

「なんでそんなところにあるんだよ」

「それはまだ謎なのですが」

「なあ、福川。念のために訊くけど、お前、まさかあの舟の名前までは見てないよな」

「いや、見ましたよ」

「なんだった？　こいつが見た名前が本当かどうか怪しくなってきたんだ」

と、矢崎は寝ている戸山を指差して言った。

すると、戸山はうっすらと目を開けた。

「横に船宿だ・る・まって書いてありました」

「やっぱりそうか」

しかも、福川は小さな漢字だったという船宿まで読んでいた。

「でも、たぶん嘘ですよ」

「嘘？」

「ええ。おそらくそう書いた木の板でも貼りつけておいて、いまごろは外しちゃってると思いますよ。だから、なにも書いていない舟がいちばん怪しいでしょうね」

「そうだよな」

矢崎は目を覚ました戸山を睨み、

「おめえが、中途半端に字を読みやがったから、どれだけ余計な刻限を無駄にしたことか」

「わしのせいにするな」

「福川。そっちは適当なところで目鼻をつけたら、早くこっちを手伝え」

「あれ？　昨夜は、そっちはいいから、洗濯物の件をどうにかしろと」

「馬鹿。洗濯物と舟が人質ごといなくなった件と、どっちが大事だと思うんだ？」

「はあ、それはもちろんですが」

「いいな。それは適当に切り上げろよ」

矢崎三五郎はそう言って、また舟を下流のほうへ向けた。

じつは、自分でも何をしているのか、すこしわからなくなってきていた。

八

竜之助はもう一度、怪しい舟のところにもどり、なにか手がかりがないかと捜すうち、河岸の段々のところに橙色のかけらを見つけた。

——ん？　これは？

橙色の小さな四角形。みかんの皮のかけらだった。それはでたらめにちぎったものではなく、はっきりした意図のもとにつくられたかたちのように見えた。

それを拾って上の道に出ると、そこにも同じような皮が落ちているではないか。

ふと、唄の文句が浮かんだ。

〽山のみかんは　あたしの気持ち
色あでやかに　ふくらみました

小さな思いに　気づいたら
　ついておいでよ　ゆるゆると

「あ、あの唄は」

竜之助は思い出した。

「どうしたんです、福川さま？」

と、文治が訊いた。

「いや、なに、あの芸者が唄っていた唄のことなんだよ」

「ああ、あれね」

「ほら、これ、みかんの皮が落ちてたぜ。これって、人質からのなんかの合図とか目印だと思わないか？」

「ははあ」

「ついておいでよゆるゆるとって」

「これのあとをついて来いってわけですね」

この皮のかけらを捜した。だが、けっこう大変である。橙色のほうが裏になっていたりするとまるで目立たない。

それでもどうにかたどった。

右手が与力同心たちの役宅、左手が大名屋敷という道をまっすぐ北上している。

「そうですね」

「なんだか、だんだん小さくなってきてるな」

「まずいな。皮がどれだけ持ってくれるか」

「曲ったぞ」

ここらは伊勢桑名藩邸わきの町人地で、与力同心たちの役宅が並ぶあたりにも近い。

さらに路地に入った。長屋の路地である。

五軒つづきの長屋が二棟、向かい合っている。

その右手、奥から二番目の家の前に、小さなみかんの皮が落ちていた。

「ここか？」

竜之助の顔が緊張した。

長屋のおかみさんが井戸端に出てきた。お釜を手にしている。米とぎらしい。

「この家は？」

「片平波右衛門とおっしゃるご浪人の家です」

「片平波右衛門？」

「福川さま、どうかしました？」

「うん……」

聞いたことのある名前だった。だが、考えても思い出せない。

「文治、開けるぜ。気をつけろよ」

竜之助が小声で言い、

「はい」

文治は十手を持って、戸口のわきに立った。

井戸端のおかみさんが目を丸くしてこっちを見ている。

「片平さん。いるかい？」

そう言って、戸を開けた。

誰もいない。

四畳半一間。荷物もほとんどなく、静まり返っている。

「だが、やっぱりここだったな。ほら、あれ」

部屋の隅に、千両箱が三つ転がっていた。蓋は開けられ、中身が空だというのはすぐにわかった。

九

矢崎はまだ、舟が消えた稲荷橋のあたりを行ったり来たりしていた。だんだん、本当に天狗のしわざだったかもしれないと思い始めている。

戸山甲兵衛が、疲れ切ってげんなりした顔で舟にしゃがみ込んでいる。

「おい、戸山さんよ。吟味方はふだん身体を使わなすぎるんじゃねえのかい。これっくらいで疲れてちゃ、町廻りに移ろうって望みは諦めたほうがいいな」

厭味たっぷりに言った。

そのとき、

「おーい、矢崎」

岸から同僚の同心が声をかけてきた。

「なんだ?」

「重要な証言が出てきた」

「なに、証言?」

急いで舟を寄せた。

「この者たちが、もしかしたら下手人たちは知っている者かもしれないというのだ」

「ほう」

同心のわきで、五十代くらいの白髪の男と、二十代半ばほどの男が、頭を下げた。

「わたしは通二丁目で両替屋を営む小田原屋郷右衛門と申します。こっちは手代の洋兵衛でございます」

「ああ、小田原屋か」

矢崎はうなずいた。

たしかこの数年でいっきにのし上がってきた店のはずである。両替商のかたわらで金貸しも営み、強引な取り立てで始終もめごとを起こしているという噂もある。

もともとは両国でけちな手妻（手品）を見せていたらしい。それから百一文という庶民相手の金貸しになり、徐々に金を溜めた。両替商の株を買ったのは五、六年前だったはずである。

気の強いところがあり、なにかの会合で天下の三井清左衛門に向かって、

「三井さんとうちとは同じ両替商でしょう。いや、十年後にはこっちのほうが大きくなっているかもしれませんよ」

そう啖呵を切ったらしい。

だが、目の前にいる小田原屋は、やけに愛想のいい笑顔を浮かべ、かたわらの手代も色白の、貸し金の催促などまるでできそうもない男だった。

「それで、知っている者なのだな」

「じつは、もう一度、新場橋の上で正面から見て、ぜったいそうだと思えたら、お話ししようと待っていたのですが、今度はなかなか来ないので、もしかしたら捕まえてしまったのかと思ってました」

「生憎とそうではない。途中でやつらの舟は忽然と姿を消してしまったのだ」

「そうらしいですね。それで、万が一違っているかもしれないが、これはお話ししたほうがよろしいのではと思いまして」

「うむ。申せ」

「あれは、わたしどもから金を借りている立岡道場のあるじ練蔵と慎二郎の父子、それに師範代の小沢丈助の三人だったような気がするのです」

「剣術道場のあるじたちか」

讃岐屋の中では、用心棒が一太刀で斬られていたらしい。また、どこかの舟がいきなり襲撃を企てたが、襲いかかった武士たちを苦もなく打ちのめしてしまったのだ。

そういった腕の立つ男たちだというのも、剣術道場のあるじたちなら、さもありなんと思えてくる。

「わたしは、あの三人に剣術を習っていました。ですから、覆面などしていてもなんとなくわかりました。なにせ道場では、面をつけて稽古をしているのですから」

と、小田原屋の手代が言った。

「なるほどな」

「じつは、あの者たちはひどく金に困っています」

と、あるじが言った。

「そうだろうな」

でなければ、押し込みなどはしない。

「なんせ、世間のことをよくわかっていない人たちです。いわゆる剣術馬鹿というやつです。そればっかりやってきたもので、ちょっと金策に困ると、いろんなことが考えられなくなるのでしょう。うちでも二百両ほど貸しているんです」

「二百両も」

「もっとも、元本分は利子でとうにいただいているし、道場も担保に入れているし、どうなってても損はしないのですが。もし、なにかあったときは、すぐに道場を処分してもかまわないんですよね？」

「そんな話はあとだ」

「しかも、昨日の昼、この手代が外でばったり会ったとき、借金をまとめて払うと豪語していたのだそうです」

「なるほど、三千両のことか」

「そう思いますでしょ」

「辻褄（つじつま）は合うわな、ただ、そいつらはいま、どこかに消えてしまったのさ」

　矢崎はそう言った。

　すると、舟で横になっていた戸山甲兵衛が、

「消えたのではない。わしはあの謎を解いた」

　と、口を挟んできた。

「え？」

「あれは二丁櫓の舟だったのだ」

「それがどうした？」

「剣術道場の猛者が二人でいっきに漕いでみろ。急に速度が上がると、目がついていけない。いかにも消えたように見えるのだ」

「なるほど」

矢崎はうなずいた。初めて理に適う説が登場した気がする。

「そいつらの道場はどこだ？」

矢崎は小田原屋のあるじに訊いた。

「小伝馬町です。牢屋敷のすぐ裏手ですよ。あの人たち、お縄になっても、家のすぐ近所に入ることになるんですねえ」

小田原屋は、いかにも意地の悪そうな顔で言った。

「牢屋敷の近くというと、竜閑川がすぐ近くだな」

と、戸山が言った。

「なるほど。そこまで逃げたか」

「ぜんぶ辻褄も合うよな」

「よし、わかった。それだけの遣い手が三人、立て籠ったとなると、こっちも人手がいる」

「なあに、わしら全員で。いまから舟で行くぞ」

戸山甲兵衛が大声で言った。

十

竜之助と文治は外に出て、さらにみかんの皮を捜すことにした。

ここで千両箱の中身を分けたかして、出て行ったのだろう。しかも、まだ人質は解放していない。

「みかんの皮も乏しくなってきたんだろうな」

次がなかなか見つからない。

「こりゃあ、容易なこっちゃないですね」

文治はかがみ込み、犬のような姿勢で地べたを眺めて行く。

「ここは楓川の近くだよな」

「すぐそこですね」

「もしかしたら、また舟に乗ったのかもしれねえな」

そうなると厄介である。

楓川の河岸あたりにみかんの皮はないかと行ってみると、

「待て、この野郎！」

女たちの騒ぎ声が聞こえてきた。

あの坊主にされた芸者たちが、男を追いかけているではないか。手ぬぐいこそかぶっているが、風にあおられ、坊主頭は丸見えである。

「あんただろ。あたしたちの髪を切ったのは」

「やってねえよ、そんなことは」

「あ、同心さま。捕まえて！」

竜之助の姿を見つけた芸者が叫んだ。

竜之助は、急いで楓川に架かった新場橋を渡ると、男の前に立った。

男は、竹の竿を二本持ち、息を切らしている。

「こいつ」

置き屋の女たちが摑みかかろうとするのを、

「まだ待ちなって。この男はなんであんたたちの髪を切らなくちゃならないんだっけ？」

竜之助は女将を押しとどめながら訊いた。

「こいつに竿を売ってくれと言ったら、あたしの顔を見て、あんたには売らねえとぬかしたんですよ。だから、あたしは悔しいから、竿を一節分切ってやったんです。その恨みに決まってます」

「してねえっつうの」

男は喚いた。

竜之助は、男が持っている竿を見た。その竿に目が止まった。二本あって、片方の竿の真ん中あたりに穴が開いている。もう一本の竿は先が尖ったようになっている。

「それって、物干し竿かい？」

「いや、まあ、そんなふうにも使えますが」

男は急におどおどしたようすになった。

「ちょっと貸してもらえるかい？」

「別にかまいませんが――」

男の顔は、ひどく強張っている。なにか怪しい。

片方の尖ったところを、もう一本の竿の穴に入れ、地面に立ててみた。

「大きな弥次郎兵衛みたいだな」

「はあ」

「それは何だい？」

竜之助は、男が隠すように手に持ったものを指差した。

「あ、これはなんというか、天秤皿みたいな籠でして」

「へえ、面白そうだな」

「面白いってほどのものでは……」

ぴんと来たことがある。

「ちっといっしょに来てもらおうか」

「どこへ？」

「なあに、すぐ近くだよ」

竜之助は、この男を万町の料亭〈灯り亭〉に連れて来た。もちろん置き屋の芸者たちもぞろぞろついて来ている。

東の空はもうずいぶん明るくなって、家々から物音が聞こえている。新しい一日が始まったのだ。

竜之助たちが料亭の前に来ると、玄関のわきのほうから白兵衛が這い出て来て、男に向かって激しく吠えた。

「ふうん。白兵衛がこんなに吠えるのはめずらしいぜ」

竜之助は男の顔を見ながら言った。

「そうなんですか」

「おめえ、白兵衛に何かしたんじゃねえのかい？」

「そ、そんなことは」

「いや、したはずだな」

そう言って、竜之助はかがみ込むと、生垣あたりの根元を探った。

「あ、ここに何かを突き刺したような穴があるぜ」

その穴のところに竿の先を刺して、もう一本も組み合わせて大きな弥次郎兵衛をつくった。弥次郎兵衛は均衡を保ち、倒れずに立っている。

「それで、竿の両脇に天秤皿てえやつを差し込んでみてくれ」

文治は男を見張っているので、いっしょに来た芸者たちが手伝った。

「できました」

置き屋の女将が言った。

「うん」

竜之助はうなずき、周囲をじいっと見回し、

「まず、白兵衛を片方の天秤皿の上に乗せるんだろうな」

「抱いて乗せるんですか？」

「いや、餌かなにかで釣ったんだろう。おい、おめえ、たもとに餌を入れてきてるだろう。出しな」

竜之助がそう言うと、男は観念したように着物のたもとからすこし硬くなった団子を取り出した。

団子を天秤皿の上に置くと、白兵衛が乗ってきた。

そこをすばやく持ち上げ、ゆっくり回すようにした。手を離せば白兵衛の重みで弥次郎兵衛も一方に倒れてしまうので、竿は摑んだままである。

このころになると、店の中から気配を察したあるじや板前たちも出て来て、竜之助たちがしていることを見守った。

「こうやって回すと、向こうの竿の先がほら、隣の蔵の窓のところにくっつくよな」

「ほんとですね」

「文治。この男はここの板さんに捕まえといてもらって、隣の骨董屋にわけを話し、あの蔵の窓のところに来てもらってくれ」

「わかりました」

　文治が駆け出して行く。

　まもなく、蔵の頑丈な窓が開き、

「あるじの梅蔵(うめぞう)でございます」

　と、五十がらみの男が顔を出した。

「おう、梅蔵さん。そこらあたりに何か竿の先に乗せられるような、この犬とほぼ同じくらいの重さのものがないかね？」

　竜之助が訊くと、

「あ」

　梅蔵は驚いた声を上げた。

「どうしたい？」

「ここに、精巧な細工をほどこした銀の六地蔵というのがあったんです。それがいまは四体しかありません」

「それだ。それを竿の先の天秤皿に乗せてみてくれ」

「こうですね」

　ちょうど均衡が取れている。いくらか地蔵のほうが重そうである。

「ちょっとこっちに回すように押してみてくれ」

弥次郎兵衛がゆっくりと回った。

すると、白兵衛が乗ったほうの天秤皿が、ちょうど家の屋根のところに行った。白兵衛はそっちへぴょんと飛び移った。なんと、このあいだ見たとおりに、白兵衛は屋根の上に乗ったのである。

白兵衛の重みが取れたから、銀の地蔵を乗せたほうが、すっと落ちてくるが、そのときは竜之助が下でそれをそっと受け取ることができた。

「こういうことだよ」

と、竜之助が言った。

「蔵から持ち出したのですね」

「ああ、この銀細工はかなり精巧なものだ。窓のすぐ下はこっちの庭だし、池があったりする。放り投げたりしたら、銀細工は壊れちまう。そっと盗み出すために考えた仕掛けだよ」

「この蔵に出入りしているのは、うちの通いの番頭です。もうじき辞めることになっているのですが、こんなことを……」

「そういうわけだ。ただ、おいらはほかの件があるので、近くの番屋に行き、とりあえずこの男を逃げられないようにしといてくれ」

　竜之助は灯り亭のあるじに言った。

「ねえ、旦那」

　置き屋の女将が声をかけてきた。

「なんだい？」

「うちの妓たちの髪の毛を切ったのは、こいつじゃないんですか？」

「ああ、違う」

「誰が？」

「青物町の洗濯物を盗んだやつと同じ下手人さ。もう捕まえたようなものだ。あとは、家のほうで報せを待ってくれ」

「わかりました」

　芸者たちも納得したらしくうなずいた。

「それと、あるじ、頼みがある」

　と、竜之助は灯り亭のあるじに言った。

「なんでしょう？」

「この賢い白兵衛を貸してもらいてえんだ」

屋根の上の白兵衛は、ちょうど板前が下ろして来たところだった。

「白兵衛を？」

竜之助は尻尾（しっぽ）を振っている白兵衛の頭を撫でながら言った。

「ああ、白兵衛の鼻が頼りなんだ」

十一

白兵衛を連れて、いったん片平の長屋にもどろうとしたとき――。

竜之助の前を子どもたちが歩いていた。

男の子が五人ほど固まっていて、その後ろに女の子が二人、手をつないで歩いている。いずれも十歳前後といった年ごろである。

「いまから手習いかい？」

と、竜之助は明るく声をかけた。

「そうだよ」

「お前たちの誰かが、このあいだ親に怒られてたよな」

「おいらかな」

「なんか失くしたのか？」

「墨がなくなってたんだよ」

「おれも」

「おいらも」

三人もなくなるのは変だろう。

「どこかに置いていたのか？」

「手習いの先生のところだよ。それで、昼飯を食うのに家にもどるとき、机に出しっぱなしにしてたら、もどったときになくなっていたのさ」

「墨だけか？」

「そうさ。まったく、おいらのは買ったばかりだったから、母ちゃんにしこたま怒られたよ」

「そうか。じゃあ、それは見つけたら取り戻しておいてやろう」

竜之助は子どもたちに約束した。

「旦那、どういうことです？」

「洗濯物を墨で黒くするのに使ったのさ」

「なんでまた？」

「だから、それは……」

説明しようとしたとき、新場橋の下を矢崎たちの舟が通り過ぎるところだった。

「あ、矢崎さん！」

竜之助は橋の上から呼んだ。

「いまはそれどころではない。あとにしろ！」

矢崎が怒鳴った。

「ですが、もう舟なんか捜しても無駄ですよ」

「なにが無駄だ」

「すでに連中は舟を下りて、別の場所へ動いているからですよ。首謀者らしき男の家も見つけました」

竜之助は川岸を走りながら言った。

「わしらもわかった」

「なんですって」

「これから道場を取り囲むのだ」

「そんなことよりまず人質を助けに行きましょう」

「だから、助けに行くのだ」

どうも、矢崎の言っていることがおかしい。

「下手人は片平波右衛門と言いますか？」

「片平？　なんだ、それは？　小伝馬町で剣術道場をしている立岡練蔵父子と師範代のやつらだ」

「それは、片平に操られている人たちでしょう」

と、竜之助は言った。おそらく野次馬の中に、見知った者でもいたのだろう。三人いっしょだったら、覆面をしていても見当がついたりする。

「そんな者はおらぬ。下手人は三人だ」

「だから、讃岐屋のあるじは贋者なんですよ」

「いまさら、わけのわからぬことを言うな」

「八丁堀二丁目の河岸にあいつらが乗っていた舟がありますよ」

「おめえの謎解きは、あとでゆっくり聞く」

「いや、別にゆっくり聞いていただかなくとも。橋の下にぶら下げておいた大きな黒い袋に入って、消えたように見せかけただけなんですから」

「黒い袋に入った？　くだらねえことを言うな。あいつらは剣術道場で鍛えた猛者どもだ。それが二丁櫓を仕掛けておいて、いっきに速度を上げたため、おいらたちには消えたように見えただけだ」

矢崎がそう言うと、

「それを見破ったのは、わしだがな」

戸山甲兵衛が身体を前に出すようにして言った。

矢崎はその戸山を嫌な顔で見て、

「そんなわけで、おめえは洗濯物のつづきをやっていろ」

「え、だから、それも……」

ぜんぶつながっているのですよ、と言いたかったのである。

だが、竜之助の言葉はまったく無視され、矢崎たちの舟は海賊橋の先を左に曲がって行ってしまった。

十二

「よう。文治。いま、思ったんだが、人質は女ばかり四人もいるんだぜ。皆、連れて歩くかな？」

竜之助は眉をひそめて言った。

「まさか、始末したと？」

文治の顔色が変わった。

「それもあるかもしれない。あるいは、どこかに隠したか」

そう言ったあと、突然、

「あっ」

ぱんと手を叩いた。

「どうしたんで？」

「たぶん、近所の者を使ったに違いない」

そう言って、竜之助はさっき来た片平の長屋の路地に入った。

井戸端では、いまから仕事に出ていくらしい職人ふうの男が歯を磨いていた。

「ちっと訊きてえんだが、この長屋に七十くらいの老夫婦は住んでいねえかい？」

「ああ、良作さんのとこだろ。そこだよ」

指差したのは、片平波右衛門の隣の家だった。

「おい、入るぜ」

竜之助が外から声をかけると、

「え、あの、はい」

慌てたような返事がした。

かまわず戸を開けると、夫婦者がいた。

「さっきも会ったよな。稲荷橋と高橋のたもとのところで」

「あ、はい」

爺さんのほうがうなずいた。

「夜釣りなんかじゃなかったんだろう？」

「はい」

「なに、してたんだい？」

「片平さんに頼まれまして」

「頼まれたというより、脅されたんだろ？」

「え、まあ、その」

二人とも真っ青になって、ひどく震えている。よほど片平の脅しが効いているのだろう。

「それは青物町から盗んできた洗濯物だよな」

部屋の隅を指差した。洗濯物が山のように重ねられている。しかも、どれも真っ黒である。

「申し訳ありません」

婆さんが頭を下げた。あの酔っ払いが見たのは、やはりこの婆さんだったのだろう。

「それを手習い所から盗んできた墨で黒く染め、ほどいて大きな袋みたいなものに縫い直したんだよな」

「ええ」

「墨はぜんぶ使っちまったかい？」

「いいえ、まだ、だいぶ残ってます」

「それじゃあ、おいらがもどしておくから、出しといてくれよ。子どもたちに約束したのでな」

「わかりました」

「縫うときは、糸ではなく、女の髪の毛を撚ったやつを使ったんじゃねえのかい？」

「そのほうが丈夫だと片平さまが」

「女の髪の毛は、芸者たちがだらしなく寝込んでいるところに忍び込み、切ってきたんだろ？」

「はい」

「お婆さんは、あの置き屋には出入りできたのかい?」

「一日置きに洗濯しに顔を出していますので」

それなら誰も疑わなかっただろう。

「つくった黒い袋は、稲荷橋の下にぶら下げておいた。そこへ上流から来た片平の乗った舟が飛び込み、いったん川の岸に寄ったあと、今度は静かに逆へ漕ぎ出したんだよな」

「たぶん、そうです」

「あんたたちは、舟が来たのと同時に、釣り竿の先につけていた提灯を舟の速さと合わせるように上流のほうへ動かした。それで、どうしたい?」

「大きく回るようにしたあと、水に入れて消しました」

「やっぱりな」

文治とやってみた通りである。竜之助はうなずき、

「どうだい、文治?」

と、訊いた。

「ええ。舟が消えた謎はすっかり明らかになりましたね」

「申し訳ありませんでした。なにか、悪いことの手伝いをさせられている気はし

たのですが、このあいだ、万引きしたところを片平さんに見られてしまって……」

爺さんが頭を下げると、婆さんのほうは泣いて突っ伏した。

「町方に突き出すだの脅されたんだな」

と、文治が言った。

「それで、片平はここから出て行ったんだろう。出るときにこのあと、どうするって言ってた？」

竜之助が訊いた。

「また、もどって来るから、それまで……」

「それまで？　やっぱり、いるんだよな？」

「は、はい」

爺さんのほうがうなずいた。

「旦那、いるっていいますと？」

「ああ。文治、押入れを開けてみてくれ」

「まさか、人質が？」

文治は中に入り、押入れを開けた。

讃岐屋のお内儀と〈栄太楼〉のお菊が、猿ぐつわを嵌められ、横になってい
た。

「よし、もう大丈夫だぜ」

猿ぐつわや紐を外すと、二人は激しく泣き出した。

「旦那。片平はここに、また来るんですよね」

「ああ。そして、人質と老夫婦まで始末するつもりだった」

竜之助がそう言うと、婆さんが、

「ひっ」

と、小さな悲鳴を上げた。

それは間違いない。ここでやると騒ぎになるからあとにしたのだろう。

「あ」

「どうしました、旦那?」

「いや、なんでもない」

竜之助は首を横に振った。

じつは、片平波右衛門の名前を思い出したのである。

すこし前まで一橋徳川家に、恐ろしく腕の立つ武士が仕えていた。その剣の腕

といったら凄まじいほどで、しかも〈枯れすすき〉と名づけた奇妙な秘剣を編み出した。

ただ、性格に危ういものがあり、この先、一橋の家名に傷をつけることが予想され、召し放ちになったということだった。

その男の名が、たしか片平波右衛門だった。

——それほどの者だとしたら……。

関わった者は皆、始末するつもりなのだ。そして、三千両を一人占めにする。

竜之助は外に行きかけてから振り向き、

「文治。人質の保護からこの老夫婦の聞き取りまで、あとのことはぜんぶ任せる。おいらは急がなくちゃならねえ」

と、言った。

「どちらに行くので？」

「それは白兵衛に訊くしかねえだろうな」

そう言って、白兵衛とともに往来へ出て行った。

第五章　枯れすすき

一

白兵衛が速く進み過ぎても困るので、竜之助は文治から捕物に使う縄を借りて、首につないだ。

「頼むぞ。このみかんの匂いを追ってくれよ」

いままで拾ってたもとに入れた分の皮の匂いを嗅がせた。

「わう、わう」

わかったというように吠えると、地面の匂いを嗅ぎながら走り出した。

八丁堀の与力同心の役宅街を縫うように進んで行く。

曲がるところは、角をすこし行ったところに撒いてある。ちゃんと考えて撒いている。美羽姫は突飛な気性ではあるが、やはり賢いのだ。

霊岸島のほうに向かっているが、おそらくみかんの皮が相当残り少なくなっているのだろう。撒かれる皮は小さくなり、間遠になっている。いかに白兵衛とはいえ、これ以上追うのはそろそろ無理かもしれない。

すでに夜が明け、与力同心たちも奉行所に出仕してしまったころである。たまに家の前に人が出て来ても、新造ばかりだった。

もうじき竜之助の役宅である。

――やよいに手伝ってもらおう。

やよいはかなり武術を学んでいるらしい。こんなときには頼りになってくれるかもしれない。

役宅が見えてきたとき、前から奇妙な男が来た。

一瞬、町人かと思ったら、なんと田安家の用人を務める支倉辰右衛門(はせくらたつえもん)ではないか。

このところ扮装に凝(こ)っているが、今日のそれは遊び人ふうである。ただし、着物や着付けがなんとなく流行遅れで、二十年前の遊び人といった感じなのだ。いま、町にいれば、どうみたって遊郭の玄関番といったところだろう。

「やあ、爺。今日は、何に扮してるんだい？」

竜之助は、からかうように言った。

「ええ。遊郭の玄関番に」

「……………」

それなら見事な扮装だった。

「やよいは出かけているのですか？」

「あれ、いなかったかい？　おいらも、いまもどったところなのさ」

「犬といっしょに？」

「ああ。まだ仕事の途中だよ」

「じつはお話が」

「駄目だ。いま、忙しいから」

「ですが、大事な話なのです」

「おいらは大事な用事で忙しいのだ」

「じつは、美羽姫さまのことで」

「美羽姫の？」

「昨夜遅くに、築地あたりで川西とばったり会ったのですが、姫は元気かと訊いたら顔が引きつり出しましてな」

「そういう顔なんだろう」

「いや、なにか美羽姫のことで隠しごとがありそうです」

「隠しごと？」

竜之助はしらばくれた。美羽姫は、芸者に化けて宴席に出ていたら、押し込み騒ぎに巻き込まれて人質になってしまった——なんて話をしても、信じてもらえないかもしれない。

「姫がなにかよからぬことをされているかもしれませんな」

「そんなこともないだろう」

「しかし、あの姫はどうも若と同じく突飛なところがおありで、なにをしでかすかわからぬところが」

「じゃあ、今日会ったら言っておくよ。うちの爺が、姫がとんでもない莫連娘になったと心配してるって」

「そこまでは言ってませんよ」

支倉は急に慌てて、手をひらひらさせた。

「そういえば、爺に訊きたいことがあった」

「なんでしょう?」

「一橋家にいた片平波右衛門という男のことさ」

「ああ、あの馬鹿者」

誰かに踏まれたみたいに顔を歪ませた。

「どういうやつだったんだい?」

「まれに見る剣の遣い手だというので召し抱えたらしいのですが、とにかくちと変な男で、ろくでもないことに手を染めたり、博打に狂ってみたり、しかも女癖が悪いというので、早々に追い出したのですよ」

「そういうやつかい。だったら、かなり悪知恵も働くのだろうな」

「いいや。なにせ直情径行というやつで、悪知恵といってもたいしたことはないでしょう。ただ、剣の腕はとにかく恐ろしいほどだったそうです」

「ふうむ」

そんな男が、舟を消すなどという大胆な仕掛けを考えたのだろうか。

爺と別れ、竜之助は役宅の前に来た。ここを連中は通って行ったのだ。

「白兵衛、ちょっと待て」

握り飯でもつくってもらおうかと思ったが、やよいがいないなら仕方がない。

だが、白兵衛だって朝飯の前に出てきたのだから、腹も減っているだろう。

台所に飛び込み、残り飯に冷たい豆腐のみそ汁をかけ、生卵を落とした。恐ろしくまずかったが、白兵衛にも同じものを食べさせると、うまそうに食べてくれた。

「さあ、行くぞ」

と、飛び出そうとしたときである。玄関口の地面におかしな印があるのに気づいた。十字の一方が矢印になっている。

「やよいだ。そうか、やよいが一行に気づき、あとを追っているのか」

やっぱり、あいつは気が利くのだ。あれでむやみに色っぽくなければたいしたやつなのだが、と竜之助は思った。

そのまま追おうとしたが、

「やよいのものを持っていくか」

と、家に引き返した。持っていれば、匂いを追うのに役に立つはずである。

やよいの部屋に入って、これから洗濯するものを探したが、なんと腰巻しかない。

「これは怒るだろうなあ」

ためらったが、ほかを探している暇はない。やよいに見せなければいいだけである。それを丸めて、たもとに入れた。

二

矢崎たちは、立岡道場を取り囲んでいた。

本当に小伝馬町の牢屋敷の真裏だった。なにか関係があるのかと思えるくらいの近さである。

ざっと見て、敷地は百五十坪ほどもあろうか。そのうちの半分が道場になっているらしい。

入り口に〈九州一刀流・立岡道場〉という看板が掲げられている。

——九州一刀流というのは聞いたことがない……。

と、矢崎は思った。だが、なかなか立派な道場である。

やけに静かである。

ときおり悲鳴のような、怒号のような声がするのは、後ろの牢屋敷にいる囚人が上げているらしい。断末魔の叫びかと思うと気味が悪い。

「おらぬのかな？」

わきで戸山が言った。

「気づかれたのかな」

いまごろは三千両を手に入れ、勝利の酒盛りでもしているのかと思いながら来たので、いささか拍子抜けである。

道場の格子窓が開いていて、そこからのぞき込んでも誰もいない。そのわきに小部屋があるらしく、そっちは戸が閉まっており、中は窺（うかが）えない。

「よし、突入だ」

矢崎は皆にうなずきかけて言った。

いっせいに道場へ飛び込んだ。

誰もいない。小部屋のほうも空である。

裏の私邸のほうへ行くと、家族が朝飯を食っているところだった。

五十くらいの女に、お腹が大きくなった三十くらいの女、それに十歳前後の二人の娘が、きょとんとした顔で矢崎たちを見た。

「立岡練蔵はおらぬか？」

「いえ。道場にはいませんでしたか？」

ました」

「てっきり道場で酒盛りでもしたあげく、小部屋のほうで寝ているのかと思って

「誰もおらぬ」

「昨夜はもどって来ておらぬか？」

「さあ」

と、女は首をかしげ、

「なにかあったのですか？」

「うむ。すべて判明してからだ」

矢崎は返事を濁した。

とりあえず、道場の外へ出た。

「男どもは、ないがしろにされているのだな」

戸山が皮肉な笑みを浮かべて言った。

「哀れだよな」

「矢崎、同情しているではないか」

「そりゃそうだ」

あんな冷たい妻子のためでも、男は切羽詰まったら悪事まで働かなければなら

ないのである。町奉行所の同心とはいえど、そうした境遇は身につまされる。

「どうする？」

　と、戸山が訊いた。

「五人ほど残して、引き上げるか？」

　矢崎は答えた。

「引き上げると言ってもどこへ？」

「……………」

　矢崎はむっとした。いちいち人を追い詰めるようなことを訊く男である。

　とりあえず、事件の現場――舟が消えたところにもどるしかないかもしれない。

　と、そこへ――。

　奉行所の小者が駆けつけて来た。

「動きがありました」

「なんだ？」

「岡っ引きの文治が、人質になっていた讃岐屋の女房と、隣のお菊という娘を保護しました」

「なんだと」

「しかも、犯行を手伝った老夫婦もお縄にし、いま、くわしい話を聞いているそうです。それによると、下手人は八丁堀の松平越中守さまの屋敷わきにある長屋に住む浪人で、片平波右衛門という者。それにどこかの道場の者たちが三人いっしょにいるそうです」

「どこかの道場？」

それはここのことだろう。

「それで福川もいっしょか？」

と、矢崎は訊いた。

「犬に匂いを嗅がせながら、足取りを追っているそうです」

「なんと」

それではどこに行ったかわからない。

「あのとき、福川の言うことを黙って聞いていればよかったのかな」

戸山がまるで他人ごとのように言った。

三

「起きるのが遅くなってしまった」

　小田原屋郷右衛門はそう言って、朝餉の席に着いた。すでに朝五つ（午前八時）を過ぎている。

「仕方がありません。朝方まで成り行きを見ていたのですから」

　手代の洋兵衛が言った。

「お前は朝餉をすませたのか？」

「はい。お先にいただきました」

「いいな、若い者は。ちと寝足りなくてもたいして疲れているふうには見えない」

「はい。もう大丈夫です」

　洋兵衛はうなずき、あるじにいつもの朝餉の膳を運んできた。

　朝餉はいつも同じものを食べる。砂糖をたっぷり入れて、かなり甘くしたどんぶり一杯の汁粉に、丸餅を焼いたものを三つ。量も相当あるが、これをぺろりと食べる。

朝の甘みは贅沢なだけでなく、元気の元にもなる。これを食べ始めてから、小便まで甘くていい匂いがするようになった。

元気ばかりか、頭の調子もいい。我ながら驚くような商売や悪事の秘策を思いつく。舟を消す仕掛けも、この汁粉の朝餉を食べている最中に思いついた。もっとも昔していた手妻のタネを、巨大なものにしたようなものである。

ぺろりと平らげて、

「さて、そろそろ約束の場所に行くか」

と、小田原屋は立ち上がった。

「はい」

「例のものは持ったな」

「もちろんです」

手代の洋兵衛は懐を上から押さえるようにした。

番頭に一声かけると、小田原屋と手代の二人は外へ出た。

昨夜は寒かったが、陽が出て暖かくなっている。

楓川の材木河岸に出て猪牙舟を拾った。永代寺の門前あたりまで舟で行き、それから洲崎の浜辺に出れば、たいして歩かずにすむのだ。

「片平さんは、予定どおりに運んだのでしょうか?」

舟が動き出すとすぐ、手代は小声で訊いた。

「どうかな。あたしがつくった予定どおりにはやれてないと思うがな」

小田原屋も船頭をはばかって小声で答えた。

「あの芸者でしょう?」

「そう。人質に女を二、三人取るのは指示どおりだが、あんな芸者がいたとはな」

「いい女でしたね」

「あれは、片平さんには毒だろう」

小田原屋は、にたにたといった笑いを浮かべた。

「だとしたら、連れて逃げるとか言い出すんじゃないですか?」

「だろうな」

「そのときはどうしましょう?」

「そのときは何も、もともと片平だっていなくなるはずの駒なのだから」

「はい、わかりました」

手代はうなずき、懐を開いて、中を小田原屋にだけ見せるようにした。

六連発の最新の短銃である。

これがあれば、片平の剣も立岡道場の三人も怖くはない。剣などという時代遅れのものに、いつまでもしがみつき、誇りさえ持っているやつらが、ちゃんちゃらおかしくてならなかった。

今度の悪事のきっかけは――。

浪人者の片平波右衛門を、借金の取り立て役として雇ったことに始まったのだった。

この片平、剣の腕はかなりのものらしいが、脅しですまずに本当に斬ってしまいそうで、使いものにはなりそうもなかった。ただ、こういう直情径行の男は、一発勝負の役に立つ。かねがね通一丁目の讃岐屋をなんとかしたいと思っていたので、そっちのほうで使うことにした。

讃岐屋には千両の貸しがあり、それをちらつかせるようにして、片平を用心棒として雇わせた。その前に、讃岐屋は狙われているといった噂もばらまいていたので、二人目を雇うのは不自然でもなかった。

しかも讃岐屋には、以前、立岡道場にいた男が用心棒をしている。立岡道場の男たちがいかに愚かなやつらかは充分にわかっている。

立岡道場の連中を追い詰め、片平から押し込みの手伝いという話を持ちかけさせ、いざ、実行の段にはまたあらたな筋書きを準備した。

手のひらの上の駒を、ちょいちょいと動かすようなものである。

まずは、讃岐屋から三千両を奪う。

その際、讃岐屋には死んでもらう。頭の禿げた片平が代わりをやる。

逃亡の途中で舟を消し、逃げ切ったところで人質や手伝いの老夫婦、そして立岡道場の三人を片平に始末させる。

その片平はいちばん最後に消す。

もし、片平が始末できなかったときは、こっちでやればいい。

かくして――。

讃岐屋の三千両。

立岡道場の土地と建物。

これがとりあえず手に入り、しかも貸してある千両の催促を厳しくして、あるじのいなくなった讃岐屋の身代と商売をごそっといただくことになるはずだった。

――ざっと五、六千両の儲けにはなる……。

この調子でいけば、十年後には三井と肩を並べるのも無理ではない。

ほくそ笑むうちに、猪牙舟は永代寺の門前に着いていた。

四

やよいは一町ほど離れたまま、一行をつけて来ていた。

連中は漁師小屋のようなところに入ると、なにやら飯のしたくを始めた。煙が上がり、飯が炊ける匂いも流れてきた。

美羽姫と、もう一人の若い娘は炊事をするでもなく、座らされているらしい。

――おそらく押し込みでもしたのだ。

そういう見当はついた。娘たちは人質に取られたのだろう。

だが、町方があとをつけて来るようすもない。

――これからどうしよう。

相手が一人ならともかく、四人となると勝つのは難しい。しかも、あの連中は足取りや目配りなどを見ても、皆、腕が立ちそうである。

竜之助はもうもどっているはずである。まさか、一睡もせず、そのまま勤務をつづけるというのは考えにくい。そして、あの印には気づいてくれるだろう。

だが、深川のはずれに来て、葭（あし）の原の中に入ってしまい、地面に印が書けなくなった。そのかわりに葭の枝を切り、その枝を他の幹に突き刺して、矢印の代わりにした。あれに気づいてくれたら、ここまで辿（たど）りつけるはずである。

――早く来て欲しい……。

もし、竜之助が来ないうちに人質に危機が迫ったら、やよいは助けに飛び出すつもりである。手裏剣が四つ。あとは懐剣しかない。もうすこし武器を持って来るべきだった……。

片平波右衛門は飯を食べ終えると、窓から小屋の外を見た。

小田原屋郷右衛門とは、ここで待ち合わせている。

本当なら、人質と立岡たち三人全員を始末し、江戸から逃げる手立てなどを改めて打ち合わせることになっていた。

ただ、この女たちを殺してしまうのは勿体ない。

なんとか上方に連れて逃げる算段を頼むつもりだった。反対すれば逆にあの男を斬ればいいだけのことである。

――ん？

誰かがこっちを見ていた。

色合いからして、女物の着物のようだった。

「ちと、外に行って来る」

「なんだ？」

立岡練蔵が訊いた。

「誰か、こっちを見張っているようだった」

片平は小屋の反対側の戸口から外に出た。

ここは漁師小屋というより、おそらく抜け荷の連中の小屋ではないか。出入り口を両方につくったのも、逃亡のために違いない。

逆から出て、いったん海側に遠ざかってから、葭の原の中を進んだ。

迂回してさっき誰かが見ていたあたりに来ると、やはり女が小屋を窺っている。

そっと近づき、

「誰だ、きさま?」

声をかけた。

「え、おつけの実にするわかめを採りに来ただけですが」

すっとぼけた調子で言った。

すこしふっくらとして愛くるしい顔立ちをしている。こんな火急のときに限って、好みの女が次々に現われてくれるものである。

「ならば、浜のほうに行くだろう」

「あそこに小屋があるので」

「ふうむ。ちと、来てもらおうか」

と、言った途端、女は懐に手を入れた。

ひゅっ。

光るものが飛んだ。

同時に片平は刀を抜き放ち、これを叩き落とした。

「手裏剣ではないか」

前に出ようとすると、さらに二つつづけて手裏剣がきた。

かっ、かっ。

これも弾いたが、かなりの腕である。弾かなかったら、胸の真ん中に十字の手裏剣が二本突き刺さっていたはずだった。

「そなた、やるな」

女は、次に懐剣を構えた。

いい構えである。斬るよりも刺そうとする構え。刃の短さを知りつくしている。

近づかずにはじき飛ばしてやろうと、間合いを詰めた瞬間、もう一本、手裏剣がきた。

「うおっ」

これは危うかった。

かわしながら、懐剣を強く打った。

「あっ」

そこらの女なら、骨が折れたはずである。それくらい強く、刃を叩いた。女の手が痺(しび)れたのだろう、ぽろりと懐剣は落ちた。

片平はすっと首筋に刃を当てた。

「……」

女は動けない。

「そのほう、只者(ただもの)ではないな。町方でもあるまい。なぜ、わしらを?」

周囲を見た。

人影はないが、葭の枝の印に気づいた。生えているすすきの幹に小さく切られた枝が差してある。その小枝が小屋のほうを向いていた。

「なるほど」

と、にやりと笑った。これから来る者に目印をつけて来たらしい。

「まずはこっちへ来い」

女を小屋へ連れ込んだ。

女同士、目が合うと、

「あ」

芸者は目を瞠(みは)った。

「知り合いか」

「いえ」

芸者はそっぽを向いた。

「なにやら面白そうな間柄だな」

片平は嬉しそうな顔をした。

「もう一度、行って来る。この女、なにやら目印のようなものをつくっていた」

五

「片平のやつ、目印を消して来るつもりらしいな」

見送った髪の薄い男が言った。

「どうする、練蔵？　このまま、あいつの言いなりになるのか？」

白髪の男が訊くと、

「もう、決断すべきですよ、お義父さん」

三人のうちではいちばん若い男が、髪の薄い男をなじった。

「まったく思いがけないことになった。覆面をしたまま金を奪い、人質は解放するつもりだった。だが、こんなに明るくなって、顔もしっかり見られてしまっては」

練蔵はそう言って、美羽姫とやよいを見た。

「始末するしかないっていうのね？」

と、美羽姫は言った。

「そなたたちは無事に帰してやりたいが、どうしたらいいのかわからぬのだ。逆に、こっちが訊きたいくらいさ」

「舟を消したのは、あなたたちの案ではないの？」

美羽姫が練蔵に訊いた。

「違う。片平が考えていたみたいだ」

「ぜんぶ計画していたのね。あんな仕掛けは一朝一夕にはできないもの」

「そうだろうな」

「でも、片平だってすべて計画どおりに進んでいるわけではないわよ」

「なぜだ？」

「途中、紙を見ていたの」

「紙を？」

「そう。手順どおりにいっているか、確かめていたのよ」

「ということは？」

「まだ、裏に誰かいるのね」

「なんてことだ」

三人の男たちは顔を見合わせた。どうやら、ここにいる三人の男たちは、さっきの片平という男にあやつられているらしい。

「そなたたちは、わしらの顔を忘れてもらえぬか？」

と、練蔵が美羽姫とやよいを見て訊いた。

「忘れる?」

やよいは練蔵の顔を見た。困り果てた顔をしている。

「忘れてもらわぬと困るのだ。わしらは片平を斬り、奪った金は頂戴し、そなたちをここで解放してやりたい。それが、わしらの取れる最良の方法なのだ。どうだ、小沢、慎二郎?」

練蔵が二人の武士に訊いた。

「そうだな」

「そうしましょう」

と、小沢と慎二郎はうなずいた。

「これって取り引きなのですね?」

やよいは練蔵に訊いた。

「取り引き?」

「そう。命を助けるかわりに、この先、町で見かけたりしても、町方に報せたりはするなというんでしょ」

「そういうことだ」

「わかりました」

やよいは言った。約束は守るつもりだが、ほかにこの男たちを捕縛できる方法はあるはずである。とりあえず、この危機から逃げ出さなければならない。

「うむ。よくぞ申した」

練蔵はうなずき、

「そなたはどうだ？」

と、美羽姫に訊いた。

「そんなこと言われても、無理だと思うけど」

美羽姫が答えた。

やよいは呆れて美羽姫を見た。

「無理だと？」

練蔵もこの答えには驚いたらしく、目を瞠った。

「わたしって一度覚えたものは忘れられないの。皆に変な能力だって言われる。でも、変な能力を持つと、誰でもできることができなかったりするのね。あたしは、皆が簡単にできる九九算が、なかなか覚えられないの。足し算も、指を使わないとできないわ。そのかわり、人の顔でも建物でも、興味を持って眺めてしまうと、もう絶対忘れないのよ」

美羽姫はどこかのんびりした調子で言った。

「そなたの特技は、この際、どうでもいいんだ」

「どうでもいい？」

「要は、この先、わしらと離れ離れになったとき、わしらの顔と名前はすっかり忘れていてもらいたいということだ」

「だから、覚えてしまったものは」

「忘れられないというのか？」

練蔵が苛々したように訊いた。

「顔だけじゃないわよ。身体つきも、話し方も、もちろんいままであんたたちがしゃべったこともほとんど覚えているわ」

「それは弱った。だが、覚えてしまったものは仕方がない。ただ、知らなかった、なにも見ていなかったと言ってもらいたいのだ」

「だから、それは駄目」

「なぜ、駄目だ！」

練蔵は次第に怒っている。

「わたし、嘘がつけない性質だから」

美羽姫はそう言って、立岡の顔をしらばくれて窺った。

「それでは、斬るしかないぞ」

「それも嫌」

「では、どうするつもりだ」

「あなたたち、諦めて奉行所に行き、自分でお金を返せばいいだけでしょ。まだ、使っていないいからぜんぶ返せるわよ」

そう言って、四つの袋に分けた金を指差した。

「馬鹿な」

「片平に騙(だま)されたんでしょ。讃岐屋の旦那を殺したのは片平でしょ？　もう一人の用心棒を斬ったのは？」

「片平だ」

「だったら、あなたたちは誰も殺してないのね」

「それはまあ」

「そのことは、わたしが証明してあげるわ。あとはここから逃げちゃえば？　逃げ切れるかどうかわからないけど、逃げ切ったら、また別の人生を始められるかもしれないわよ。ね、そうしなさい」

美羽姫は命令するみたいに言った。

——やはり、この人は凄い。

と、やよいは思った。

自分をごまかさず、相手を思い通りのほうへ引っ張り込みつつある。この、身についた威厳。自然な天衣無縫さ。

——この人はやっぱりお姫さまなのだ。

と、やよいは思った。自分とは生まれも育ちもまったく違う。生まれついてのお姫さまなのだ。

同じようなところは竜之助にもある。

——やっぱり竜之助さまと美羽姫さまはお似合いなのだ……。

やよいは内心、落胆してしまった。

「ほら、早くお逃げなさい」

もう一度、美羽姫は言った。

だが、窓の外を見ていた慎二郎が、

「駄目だ。片平がもどって来たぞ」

と、小声で言った。

「つづきはあとだな」

練蔵が言った。

片平が勢いよく入ってきて、

「こやつ、土手の上の地面にもおかしな目印をつけていたぞ」

やよいを指差した。

「なんと」

「だが、その目印は消して、洲崎神社の先まで行くように描き替えておいた」

「そうか」

「いずれにせよ、ここはそろそろ引き上げるべきだろうな。そろそろ、最後の決着といくか」

そう言って、片平は外に出ると、すっと刀を抜き放った。

六

竜之助は深川の洲崎にやって来ていた。

視界に海が広がった。今日は波もなく、舟がつるつる滑りそうな海面である。

道は二手に分かれた。

右に行けば、湿地に広がる葭の原である。どっちに逃げてもおかしくはない。左手は洲崎神社に向かい、さらにその向こうにも広大な葭の原がある。

やよいの印は、左手の洲崎神社のほうを向いている。

だが、白兵衛は右手に行こうとした。

「おい、白兵衛、こっちだぜ」

「ううう」

白兵衛は言うことを聞かない。

浜のほうで魚でも焼いているのではないか。さっき、もうすこしうまいものを食わせればよかったかもしれない。

「ほら、匂いがわからなくなってきたんだろう。この匂いだぜ」

竜之助は、丸めた腰巻を白兵衛の鼻先に突き出した。

「わかっただろ。こっちだ」

と、左手に引っ張ってみるが、それでも違うほうに行こうとする。

――どうしよう？

こうなると、やよいを信じるか、白兵衛を信じるかである。

「すまんな、白兵衛」

と、抱き上げて駆け出そうとしたが――。

竜之助の足が止まった。

――あれは？

葭の茎がすっぱり切られているのを見つけた。下を見ると、茎の中に別の茎を差し込んだものが落ちている。

「これは目印だ。やよいがつけたものを、わからなくしようとしたのか。ということは、やよいは捕まってしまったのだ……」

もはや一刻の猶予もままならない。

「よし、行こう」

葭のあいだをかきわけて進んだ。

七

片平は刀を抜き、青眼に構え、立岡たちに向かい合った。

「そなたたちには死んでもらうことにした」

「やはりな」

「おぬしの魂胆はわかっていたよ」

「わしらも同じ結論に達したのさ」

立岡たちも口々に言った。

「そなたたちのへっぽこ剣法では、わし一人にも勝てぬぞ。わしは、何度か道場をのぞかせてもらった」

「なんと」

「剣の素養のない町人どもばかり教えているうち、そなたたちの腕は相当落ちているぞ。それがわからなくなっているのだろう。だから、流行らなくなっているのだ」

「ううっ」

立岡練蔵が顔を歪ませた。痛いところを突かれたのだ。

「無駄な時をかけてはいられぬ。さっそく斬らせてもらう。それから女どもは動くなよ。逃げたりしたら、遠慮なく斬る」

片平は女たちに背を向けたまま言った。

じっさい、逃げようとしていたおけいの足が止まった。

青眼に構えた片平の剣の切っ先が、真上に向けられた。と同時に、その剣がゆっくり左右に揺れ出した。

「ややっ」

扇形に広がって、片平を囲むようにした立岡たちは、その奇妙な動きに目を瞠った。

最初は剣だけが揺れていたが、やがて身体全体が風になびくように揺れはじめていた。

「ふっふっふ。これが、わしの編み出した秘剣枯れすすきだ。冥土の土産によく見ておくがよい」

だが、よく見ていると、こちらの身体まで揺れているような気がしてくる。

「ええいっ」

立岡練蔵が斬りかかった。

かきん。

と、音がして練蔵の剣は受け止められ、体が崩れた。

「とあっ」

片平の剣がふいに傾き、真横から練蔵を襲った。

そのとき、片平のたもとに土埃(つちぼこり)が舞った。

「なんと」

やよいが片平の背後から泥のつぶてを投げたのだ。ここは石こそないが、湿地で表面の泥が固まったものはいくらでも拾えた。

「さあ、早く」

やよいが声をかけると、三人の男たちはいっせいに斬ってかかった。

三人がいっせいに斬りかかれば、さすがの片平も受けるのは楽ではない。しかも、女が投げつけてくる泥つぶてが、かなり鬱陶しい。

「くそっ」

片平の疲れも見えてきた。

そのときだった。

ばーん。

と、銃声がして、いきなり小沢丈助が倒れた。

「なんだ、いったい」

小沢は胸から血を流していた。横たわったまま、二、三度、手で宙をかくようにしたが、がっくりと首が落ちた。

「小沢！」

「なにやつだ！」

立岡父子が周りを見回すと、葭のあいだから小田原屋郷右衛門と、銃を持った手代が現われた。

これには、立岡父子が仰天した。

「小田原屋と手代の洋兵衛ではないか。なぜ、おぬしらがここに？」

練蔵が訊いた。

「ふっふっふ。その話をするのも面倒ですので、わからないままあの世に行ってください」

「なんだと」

「片平さん。やはり、手間取ってますな」

小田原屋は片平に皮肉な笑みを向けた。

「三人よりも、そっちの女の手助けが邪魔だったのだ」

「この女ですか」

と、手代が銃口をやよいに向けた。

「ううっ」

やよいが数歩下がった。

立岡練蔵はそうした成り行きを見ながら、

「慎二郎。わしはこのところ自らの不運を招くことが多かった。だが、いま、悟った。やはり、わしらは怠惰であったのだ」

と、言った。

「怠惰……」

「三人がかりですら一人の男に勝てないような者が、道場をやっていたなどというのは、それを物語っていよう」

「しかし、この男は」

「たしかに腕は立つ。だが、剣を教える者が三人だぞ。これはもう、言い訳できぬ。わしらはどこかで図に乗り、いい気になっていた。現に、わしはすでに疲れてきている。長年の飲酒が体力すら衰えさせていた」

「ううう」

「こうなれば、なんとかそなたを佐代のもとへ帰してやりたいが」

「帰りましょう、二人で」

そううなずき合ったとき、

「なにを、ぼそぼそ話している。いくぞ」

片平がいっきに右に走り込み、立岡父子を縦に並ぶかたちにしたと思いきや、すぐさま練蔵に斬りかかった。

「とあっ」

互いに斬り合ったと見えたが、倒れたのは練蔵だけだった。

そのわきをすり抜けるように慎二郎の剣がきた。

それを一度、合わせ、慎二郎の引く剣を追うように片平の突きが腕に入り、

「うっ」

痛みに顔をしかめたとき、片平の次の剣が胴を薙（な）いだ。

八

片平の見事な剣だった。

立岡父子は二人とも深々と斬られ、地面に突っ伏していた。すでに絶命しているのは、ぴくりともしないことで窺えた。

「さあ、早いところ、人質も斬ってください」

小田原屋が片平に言った。

「いや、小田原屋、慌てるな。こっちの女はなにやら秘密がありそうだし、こっ

ちの芸者はこれから逃亡するのに連れて行こうと思っている」

「誰が行くものですか」

美羽姫がそっぽを向いた。

「なにをくだらぬことを。ためらうなら、わたしが始末しましょう」

その言葉にやよいが美羽姫とおけいをかばうようにした。

「よせ」

片平が小田原屋に命令するように言った。

「では、片平さんが先だ」

小田原屋が手代の洋兵衛にうなずいた。すると、手代はいきなり片平に向けて撃った。近距離からの発射である。

ばーん。

咄嗟(とっさ)にのけぞった片平の耳の一部が飛んだ。

「きゃあ」

と、おけいが悲鳴を上げた。

「なんと」

片平が千切れた耳を押さえ、手のひらについた血を確かめるようにした。

「どっちにせよ、最後はあんたにも死んでもらうことになっていたのさ。秘剣だのなんだのと言っても、この六連発にかなう剣などありはしませんよ」

「きさま」

だが、銃を向けられた片平は動けない。

そのときだった。竜之助が走り込んできた。

犬の白兵衛は、尻尾を振りながらやよいのそばに駆け寄った。ようやく追いかけてきた匂いの主に会えて嬉しいのだろう。

「若さま！」

「竜之助さま！」

女二人の声を無視して、竜之助はいっきに走った。

銃を持った町人と、そのわきにいるいかにも大店のあるじ然とした男。

この大店のあるじふうの男こそ、片平を操った者ではないか。

そして、恐ろしい剣を遣うという片平波右衛門。

――どっちに向かうべきか。

竜之助は咄嗟に考え、飛び道具を先になんとかすべきだと思った。

まっすぐ走れば、銃の狙いをつけられやすい。

右に左に波を打つように近づいた。目くらましに、たもとにあったものを、ぱっと広げるように投げた。

赤い腰巻が宙に踊った。

ばーん。

当たっていない。赤い腰巻のほうに命中した。さっき、二度、銃声がした。これが三発目だろう。

ばーん。

竜之助の髷をかすった感触がした。

だが、なんともない。

その男の頬を土のつぶてが打ったのも見えた。

おそらくやよいがやったのだろう。

これであいつは四発外した。

あの銃はおそらく六連発。そんな銃が入ってきているのは聞いていた。

男の顔に焦りが広がった。

すでに二人のあいだはわずか三間ほどになっている。

突然、竜之助は身を落とし、地面を転がった。

ばーん。

狙いは外れた。

「うっ」

五発目の銃弾は横にいた小田原屋の胸に命中していた。

「こ、このボケ」

小田原屋は怒鳴りながら仰向けに倒れていった。

「旦那さま！」

地面から起き直った竜之助の剣がひるがえった。

同時に銃声がした。

ばーん。

そのときは、男の手が銃を摑んだまま、宙を飛んでいた。むろん、狙いはまるではずれ、最後の一発は空に向け発射された。

九

片平波右衛門は啞然として銃と剣の戦いを見守っていた。

銃弾がかすめた衝撃は、思いのほか大きかったのだろう。たしかにこれは凄まじい武器なのだ。六発もの弾が立てつづけに飛び出してくる。こんな武器とまともに戦えば、どんな剣も無駄になりそうだった。

だが、その銃はいま、手代の腕とともに地面に落ちていた。

「あっ、あっ、あっ、あああ」

手代が喚いていた。

片平の胸にさっき自分に向けて銃を放った悔しさが湧き上がってきたらしく、

「この野郎！」

手代を深々と斬り下げ、竜之助と向き合った。

「一見、町方の同心に見えるが、さきほどこっちの女は若さまと言い、芸者は竜之助さまと呼んだな」

「ほう、よく聞いていたな」

「何者だ、きさま？」

「南町奉行所の福川竜之助という者だよ」

ちらりと女たちを見た。美羽姫が町娘を介抱している。ぐったりとして、もはや意識も薄れかけているだろう。やよいは心配そうにこっちを見ていた。

「まあ、いいや。ちょうどいい。立岡たち三人も、小田原屋の二人も、皆、死んだ。あとはあんたに死んでもらい、女三人を連れて、わしは舟で逃げる。そこは竜宮城になるだろうな」

片平は、にやにやと嫌な笑みを浮かべ、いったん鞘におさめていた刀をふたたび抜き放った。

青眼から刀を真上に立て、それがゆらゆらと揺れはじめた。

構え自体は薩摩示現流に似ている。だが、微動だにしない示現流と違って、身体はしなるように揺れている。尋常な身体の動きではない。まるで銀杏や杉の巨木が、風で篠竹のように揺れているようでもある。

不気味な剣であった。

「それが、枯れすすきか」

竜之助は言った。

「知っているのか？」

「噂には聞いていた」

そう言って、竜之助も刀を抜き放った。まさか、そのような剣とは思わなかった。

右の八双に構え、ゆっくり風を探った。

その刃を見た片平の目に驚きが現われた。

「なんと、その隠し紋は……」

光の反射がふだんは目立たない紋を明らかにしたのだ。

「葵の紋ではないか」

「それがどうした」

「一橋家に仕えていたとき、噂を聞いた。将軍家に伝わる最強の秘剣、風鳴の剣が、田安の徳川竜之助に伝えられたらしいと。その男はちと変わったやつで、奉行所の三下同心としてこき使われているらしいとな」

「いくらか言い回しが気になるが、まあ、おおむねそんなところさ」

「徳川竜之助。ようやく、おれの秘剣にふさわしい相手が出てきたらしい。いくぜ」

片平の身体はさらに大きく左右に揺れはじめた。

おそらく示現流に匹敵するほどの剣が、雷のように頭上から落ちてくるのだろう。その速さこそ示現流の真髄なのだ。

だが、示現流は、剣の動きがはっきりと予想できるのである。縦に一筋。曲がりもくねりもしない。だからといって、それを受けようものなら、こっちの剣は折られるか、そのまま押し込まれるだけの話である。

片平の剣は予想できない。どの位置から落ちてくるのかわからない。なおかつ、示現流の剣の速さを備えているとしたら、それはまさに、一撃必殺の最強の剣となるだろう。

枯れすすきというそぐわない名前は、この男の韜晦なのか。あるいは、戦った相手が、ただ薄気味の悪さからつけたのかもしれない。

これに勝つには――。

速さで上回るしかない。上から振り下ろされるよりも速く、横からの剣が走り抜けなければならない。

ひゅううう。

竜之助の刃が鳴っている。風をとらえきったのだ。船の帆が向かい風を受けて前に進むように、この剣もまた、風を受けて威力を増す。

「とあっ」

斜めに傾いだ片平の剣が、袈裟がけに竜之助を襲った。

だが、それよりも早く、竜之助の剣が走った。

片平の剣が振り下ろされるその前に、風鳴の剣は片平の胴を通り抜けていた。

ふいに葭の原あたりが騒がしくなったのは、片平が倒れ込んだときだった。

奉行所の捕り方たちがやって来たのである。

「犬を連れた同心はこっちに来たと言ったぞ」

「あ、そこに」

先頭にいたのは矢崎三五郎と、大滝治三郎である。

「福川、大丈夫か」

「そなた、これを皆、斬り捨ててしまったのか」

その後ろからやって来た戸山甲兵衛は、

「一人くらい残しておかないと、吟味のときに厄介なのだぞ」

と、文句を言った。

さらに、そのあとから、

「姫。よくぞ、ご無事で」

蜂須賀家の用人である川西丹波が、新たに組織したらしい槍隊を引き連れて、駆けつけて来たところだった。

十

翌日――。

竜之助が奉行所に出る支度を終えて、

「では、行ってくるぞ」

と、庭先のやよいに声をかけた。ふだんだと、刀を手渡したり、無事に帰るまじないで火打ち石を鳴らしたりと、いろいろしてくれる。だが、今朝は昨日の活躍もあって、出仕が遅れていいことになっており、竜之助もぐずぐずしていたのである。

「あ、はい。ただいま」

やよいは洗濯物を干していたが、急いで見送りに来ようとした。

庭の物干し竿に、ちょうど赤い腰巻がひるがえったところだった。

竜之助は一度、恥ずかしげに咳払いをして、

「それ、すまなかったな」

と、言った。

「はい？」

「短銃に撃たれて穴が開いてしまった」

「いいえ、こんなもの。竜之助さまをお守りしたと思えば、わたしの名誉でもあります。記念に生涯使わせていただきます」

「おいおい、それくらい、おいらの奉行所からの給金で買ってくれよ」

「竜之助さま。そんなことはお気になさらず、お仕事に励まれてください。それより、あの立岡道場の三人組、なんだか哀れでしたね」

「そうだな」

「片平とか小田原屋はほんとにひどいやつらでしたが、立岡道場の三人はなんだか騙されたり、おびき寄せられたりしたみたいにして、押し込みをしてしまったんですよ」

「ああ、そうみたいだ」

「あの人たちの道場もすべて失い、残された妻子も路頭に迷うことになるのでしょうか？」

「そこは吟味方に頼めば、なんとかなるかもしれないな。道場の小田原屋への借金はすべてちゃらになるし、おけいやお菊の証言も、三人の罪状を軽くすることになるだろう。道場がそのまま残れば、そこを店にでもして貸せば、どうにか暮らしは成り立つのではないかな」

「まあ、そうしてあげたら、あの人たちも草葉の陰で安心するかもしれませんよ」

「わかった。頼んでみるよ」

竜之助がそう言うと、やよいはホッとしたような顔をした。

「なんだか、あの人たち、髪が薄かったり、うつむいた表情が悲しげだったりしたものですから」

「おやじたちの悲哀ってやつかな」

「そうですね」

「そういえば、このあいだ、二十六年後だかの夢の話をしたよな」

「そうでしたね」

「おいらも、髪が薄くなったりすると思うと、なんだかなあ」

竜之助はそっと頭に手をやった。もちろんいまの竜之助は、艶のいい固い髪が、かたちのいい髷をこしらえている。だが、二十六年後ともなれば、どうなっているかはわからないではないか。

「あら、竜之助さまもそんなことお考えになるのですか？」

「そりゃあ考えるよ。人間誰だって、歳を取ることからは逃れられねえんだから。身体は一生懸命鍛えるつもりでも、髪の毛ばかりはどうにもできねえだろうよ」

「でも、竜之助さまだったら、禿げようが、歯が抜けようが、そんなことはまったく関係なく素敵だと思いますよ」

「やよい。あんまり、そういうお世辞を言うなよ」

雪駄を履き、玄関を出ようとした。

「お世辞なんかじゃありません。だって、人が素敵だなって見えるのは、心意気のせいですよ。竜之助さまは四十になろうが、五十になろうが、その心意気が衰えているわけないじゃないですか。だから、これは、ほんとの気持ちです」

やよいは遠い数十年後を見つめるような目をして言った。

「そう言ってもらえると、ちっとほっとしたかな」

竜之助は微笑み、振り向いて、

「やよい。お前だって、二十六年後もきっと……」

「なんですか、竜之助さま」

「いや、いい」

「おっしゃってくださいまし」

「言えるか、こんなこと」

竜之助はもう足早に歩き出している。じつは、危ういところで「色っぽいぜ」と言ってしまうところだったのである。

本書は２０１３年２月に小社より刊行
された作品の新装版です。

双葉文庫

か-29-58

新・若さま同心　徳川竜之助【三】

薄毛の秋〈新装版〉

2023年12月16日　第1刷発行

【著者】
風野真知雄

【発行者】
箕浦克史
【発行所】
株式会社双葉社
〒162-8540 東京都新宿区東五軒町3番28号
［電話］03-5261-4818（営業部）　03-5261-4833（編集部）
www.futabasha.co.jp（双葉社の書籍・コミックが買えます）
【印刷所】
中央精版印刷株式会社
【製本所】
中央精版印刷株式会社

【フォーマット・デザイン】
日下潤一

ISBN978-4-575-67187-2 C0193
Printed in Japan

井原忠政
三河雑兵心得
足軽仁義
戦国時代小説
〈書き下ろし〉

苦労人、家康の天下統一の陰で、もっと苦労した男たちがいた！　村を飛び出した十七歳の茂兵衛は松平家康に仕えることになるが……。

井原忠政
三河雑兵心得
旗指足軽仁義
戦国時代小説
〈書き下ろし〉

三河を平定し、戦国大名としての地歩を固めた家康。猛将・本多忠勝の麾下で修羅場をくぐる茂兵衛は武士として成長していく。

井原忠政
三河雑兵心得
足軽小頭仁義
戦国時代小説
〈書き下ろし〉

迫りくる武田信玄との戦い。家康生涯最大のピンチ、三方ヶ原の戦いが幕を開ける。怯むな茂兵衛、ここが正念場！　シリーズ第三弾。

井原忠政
三河雑兵心得
弓組寄騎仁義
戦国時代小説
〈書き下ろし〉

大敗から一年、再び武田が攻めてきた。決戦の地は長篠。ついに、最強の敵と雌雄を決する時が迫る。それ行け茂兵衛、武田へ倍返しだ！

井原忠政
三河雑兵心得
砦番仁義
戦国時代小説
〈書き下ろし〉

武田軍の補給路の寸断を命じられた茂兵衛は、森に籠って荷駄隊への襲撃を指揮することに。戦国足軽出世物語、第五弾！

井原忠政
三河雑兵心得
鉄砲大将仁義
戦国時代小説
〈書き下ろし〉

信長の号令一下、甲州征伐が始まった。徳川に寝返った穴山梅雪の妻子を脱出させるため、茂兵衛は武田の本国・甲斐に潜入するが……。

井原忠政
三河雑兵心得
伊賀越仁義
戦国時代小説
〈書き下ろし〉

信長、本能寺に死す！　敵中突破をはかる家康一行の殿軍についた茂兵衛、伊賀路を越えられるのか!?　大人気シリーズ第七弾！

井原忠政　三河雑兵心得　小牧長久手仁義　戦国時代小説〈書き下ろし〉

秀吉との対決へ気勢を上げる家臣団に頭を悩ませる家康。信長なき世をめぐり事態は風雲急を告げ、茂兵衛たちは新たな戦いに身を投じる！

井原忠政　三河雑兵心得　上田合戦仁義　戦国時代小説〈書き下ろし〉

沼田領の帰属を巡って、真田昌幸が徳川に反旗を翻した。たかが小勢力と侮った徳川勢は、昌幸の奸計に陥り、壊滅的な敗北を喫し……。

井原忠政　三河雑兵心得　馬廻役仁義　戦国時代小説〈書き下ろし〉

真田に大敗した戦で戦場に消えた茂兵衛。「茂兵衛、討死」の報に徳川は大いに動揺する。だが、ところがどっこい、茂兵衛は生きていた！

井原忠政　三河雑兵心得　百人組頭仁義　戦国時代小説〈書き下ろし〉

家康の養女として本多平八郎の娘が、真田昌幸の嫡男に嫁すことに。茂兵衛は「真田嫌い」の平八郎の懐柔を命じられるが……。

井原忠政　三河雑兵心得　小田原仁義　戦国時代小説〈書き下ろし〉

いよいよ北条征伐が始まった。茂兵衛率いる鉄砲百人組は北条流の築城術に苦しめられながらも、知恵と根性をふり絞って少しずつ前進する。

風野真知雄　わるじい慈剣帖（一）いまいくぞ　長編時代小説〈書き下ろし〉

あの大人気シリーズが帰ってきた！　目付に復帰したのも束の間、孫の桃子が気になって仕方がない愛坂桃太郎は江戸への帰還を目論むが。

風野真知雄　わるじい慈剣帖（二）これなあに　長編時代小説〈書き下ろし〉

孫の桃子を追って八丁堀の長屋に越してきた愛坂桃太郎。大家である蕎麦屋の主に妙に気に入られ、次々と難珍事件が持ち込まれる。

風野真知雄　わるじい慈剣帖（三）こわいぞお　長編時代小説〈書き下ろし〉

川沿いの柳の下に夜な夜な立つ女の幽霊。桃子の夜泣きはこいつのせいか？　愛坂桃太郎は、可愛い孫の安寧のため、調べを開始する。

風野真知雄　わるじい慈剣帖（四）ばあばです　長編時代小説〈書き下ろし〉

長屋の二階から忽然と消えたエレキテル。没収しようと押しかけた北町奉行所の捕り方たちも目を白黒させるなか、桃太郎の謎解きが光る。

風野真知雄　わるじい慈剣帖（五）あるいたぞ　長編時代小説〈書き下ろし〉

長屋にあるエレキテルをめぐり対立してきた北町奉行所の与力、森山平内との決着の時が迫る。愛する孫のため、此度もわるじいが東奔西走！

風野真知雄　わるじい慈剣帖（六）おっとっと　長編時代小説〈書き下ろし〉

日本橋の新人芸者、蟹丸の次兄が何者かによって殺された。悲嘆にくれる娘のため、桃太郎は真相をあきらかにすべく調べをはじめるが。

風野真知雄　わるじい慈剣帖（七）どこいくの　長編時代小説〈書き下ろし〉

江戸の町のならず者たちの間に漂い始める抗争の気配。その中心には愛坂桃太郎を慕う芸者の蟹丸の兄である千吉の姿があった。

風野真知雄　わるじい慈剣帖（八）だれだっけ　長編時代小説〈書き下ろし〉

激化の一途をたどる、江戸のならず者たちの抗争。愛する孫に危険が及ぶまいとする愛坂桃太郎だが……大人気時代小説シリーズ、第8弾！

風野真知雄　わるじい慈剣帖（九）ねむれない　長編時代小説〈書き下ろし〉

愛孫の桃子と遊ぶことができず、眠れぬ夜を過ごす元同心の愛坂桃太郎。そんなある日、桃太郎はなにやら訳ありらしい子連れの女と出会い……。

風野真知雄
わるじい慈剣帖（十）
うそだろう
長編時代小説〈書き下ろし〉
江戸の町を騒がす元凶・東海屋千吉との因縁に決着をつけ、愛する孫と過ごす平穏な日常を取り戻せ！　大人気時代小説シリーズ、感動の最終巻!!

風野真知雄
わるじい慈剣帖（一）
またですか
長編時代小説〈書き下ろし〉
離れ離れになってしまった愛孫の桃子の身に、危難の気配ありとの報せが。じいじはまだまだ休んでおれぬ！　大人気シリーズ待望の再始動！

風野真知雄
若さま同心　徳川竜之助【一】
消えた十手
長編時代小説
徳川家の異端児　同心になって江戸を駆ける！剣戟あり、人情あり、ユーモアもたっぷりの傑作時代小説シリーズ、装いも新たに登場!!

風野真知雄
若さま同心　徳川竜之助【二】
風鳴の剣
長編時代小説
憧れの同心見習いとなって充実した日々を送る竜之助の身に、肥後新陰流を操る凄腕の刺客たちの影が迫りくる！　傑作シリーズ第二弾！

風野真知雄
若さま同心　徳川竜之助【三】
空飛ぶ岩
長編時代小説
徳川竜之助を打ち破り新陰流の正統を証明せんと、稀代の天才と称される刺客が柳生の里からやってきた。傑作シリーズ新装版、第三弾！

風野真知雄
若さま同心　徳川竜之助【四】
陽炎の刃
長編時代小説
珍事件解決に奔走する竜之介に迫る、姿の見えぬ刺客。葵新陰流の刃は捉えることができるのか!?　傑作シリーズ新装版、待望の第四弾！

風野真知雄
若さま同心　徳川竜之助【五】
秘剣封印
長編時代小説
因縁の敵、柳生全九郎とふたたび対峙し、徳川竜之助の葵新陰流の剣が更なる進化を遂げる！傑作シリーズ新装版、第五弾！

風野真知雄
若さま同心 徳川竜之助【六】
飛燕(つばくろ)十手
長編時代小説

江戸の町を騒がせる健脚の火付け盗人の噂。徳川竜之助は事件の不可解な点に気づき、調べを始めるが……。傑作シリーズ新装版、第六弾！

風野真知雄
若さま同心 徳川竜之助【七】
卑怯三刀流
長編時代小説

徳川竜之助に迫る三刀を差す北辰一刀流の遣い手。さらに時を同じくして奇妙な辻斬りが出没し……。傑作時代小説シリーズ新装版、第七弾！

風野真知雄
若さま同心 徳川竜之助【八】
幽霊剣士
長編時代小説

葵新陰流を打ち破るべく現れた、幽鬼の如き剣士。不可視の剣の謎を解き新たな刺客を打ち破れ！ 傑作時代小説シリーズ新装版、第八弾！

風野真知雄
若さま同心 徳川竜之助【九】
弥勒の手
長編時代小説

葵新陰流の継承者と、柳生新陰流が生んだ異端児。宿命の2人に遂に決着の時が訪れる！ 傑作時代小説シリーズ新装版、驚愕の第九弾！

風野真知雄
若さま同心 徳川竜之助【十】
風神雷神
長編時代小説

死闘の果てに、深手を負ってしまった徳川竜之助。しかし、江戸の町では奇妙な事件が絶えず……。傑作時代小説シリーズ新装版、第十弾！

風野真知雄
若さま同心 徳川竜之助【十一】
片手斬り
長編時代小説

宿敵柳生全九郎の死を知った徳川竜之助は、彼が最後に探ろうとした謎について調べをはじめる。傑作時代小説シリーズ新装版、第十一弾！

風野真知雄
若さま同心 徳川竜之助【十二】
双竜伝説
長編時代小説

師である柳生清四郎との立ち合いを終えた徳川竜之助の前に新たな刺客が現れる！ 傑作時代小説シリーズ新装版、物語も佳境の第十二弾！

風野真知雄
最後の剣
若さま同心 徳川竜之助【十三】
長編時代小説
雷鳴の剣の遣い手徳川宗秋と相対する竜之助。徳川の名を冠するもの同士の決闘の結末は!? 傑作時代小説シリーズ新装版、感動の最終巻!

風野真知雄
象印の夜
新・若さま同心 徳川竜之助【一】
長編時代小説
南町奉行所がフグの毒で壊滅状態の最中、象に踏まれたかのように潰れた亡骸が見つかった。傑作時代シリーズ続編、新装版で堂々登場!

風野真知雄
化物の村
新・若さま同心 徳川竜之助【二】
長編時代小説
浅草につくられたお化け屋敷で、お岩さんが殺された!? 奇妙な事件を前に此度も竜之助が奮闘! 傑作時代小説シリーズ新装版第二弾!

金子成人
かみなりお勝
ごんげん長屋つれづれ帖【一】長編時代小説〈書き下ろし〉
根津権現門前町の裏店を舞台に、長屋の人情や親子の情をたっぷり描く、くすりと笑えてほろりと泣ける傑作人情シリーズ、注目の第一弾!

金子成人
ゆく年に
ごんげん長屋つれづれ帖【二】長編時代小説〈書き下ろし〉
長屋の住人で、身重のおたかが倒れてしまった。周囲の世話でなんとか快方に向かうが、亭主の国松は意外な決断を下す。落涙必至の第二弾!

金子成人
望郷の譜
ごんげん長屋つれづれ帖【三】長編時代小説〈書き下ろし〉
長屋の住人たちを温かく見守る彦次郎とおよしの夫婦。穏やかな笑顔の裏には、哀しい過去が秘められていた。傑作人情シリーズ第三弾!

金子成人
迎え提灯
ごんげん長屋つれづれ帖【四】長編時代小説〈書き下ろし〉
お勝の下の娘お妙は、旗本の姫様だった!? 我が子に持ち上がった思いもよらぬ話に、お勝の心はかき乱されて——。人気シリーズ第四弾!